UN SERIAL KILLER A PARIS

Le Cycle de Pazuzu
Tome 1

Pierre Henri Cauzic

ISBN : 9782954815244

Paris — Décembre 1987.

— Je suis une sentinelle. Mon rôle est simple : veiller sur les habitants du Passage Richelieu. Considérez-moi comme le garant de leur tranquillité.

— Qu'est-ce que tu me racontes ? Tu es complètement dingue. D'abord, je ne te connais pas ! Je ne t'ai jamais vu !

— C'est parce que vous n'êtes pas assez attentif. Vous ne regardez pas autour de vous. Ou plus exactement, vous n'observez pas ce qui est important.

— Ecoute, relâche-moi. Si c'est du pognon que tu veux, on peut en discuter. Si tu me détaches immédiatement, je ne te ferais pas de problèmes, je n'irais pas voir les poulets. Ce n'est pas mon style.

— Ha ! Ça, j'en suis certain. Si je vous laissais partir, vous n'iriez pas pleurnicher chez les flics. Ce n'est pas votre style, comme vous dites. D'ailleurs, ce n'est pas le mien non plus. Les flics ! Ah, si la police faisait son boulot, des gens de votre espèce seraient hors circuit depuis longtemps.

— Bon, les conneries ont assez duré. Enlève-moi ces liens, OK ?

Ezechiel William se tenait debout, les mains sur les hanches. Il faisait face à son prisonnier et le regardait avec une joie évidente. Un sourire de délectation illuminait ses traits. Le captif voyait à contre-jour sa haute silhouette. Tel le professeur Van Helsing, dans le roman Dracula, Ezechiel possédait de larges épaules, une poitrine puissante. Son visage était rasé de près. Ses grands yeux vert sombre, assez écartés l'un de l'autre, brillaient d'une lueur implacable. Son front haut et un peu dégarni s'élevait au-dessus de tempes grisonnantes. Un nez assez large, légèrement aquilin, des sourcils broussailleux, très fournis, renforçaient l'impression de vitalité et d'énergie qui émanait de lui.

— Vous prétendez ne pas me connaitre. Mais moi, je vous observe depuis bientôt deux ans.

— Qui te paie ? Tu me surveilles depuis deux ans, tu ne fais pas ça gratuitement…

— Je suis né dans le Passage. Je suis ici chez moi. Vous n'êtes qu'un visiteur, un hôte de ces lieux. Pourtant, vous avez mal agi, cher monsieur Hoffman.

— Vous connaissez mon nom ? demanda le prisonnier. Il s'était mis soudain à vouvoyer Ezechiel, sans s'en rendre compte.

— Je viens de vous le dire : je suis une sentinelle. Je veille. Je me renseigne. Je m'informe. Cela m'a permis de détecter tous vos sales petits trafics.

— Et alors ? Vous êtes jaloux ? Ça vous défrise que je fasse du business. Et vous, pour qui travaillez-vous ? Qui vous envoie ?

— Personne. Je ne travaille pour personne. Vous savez, je suis une sorte de self-made-man, si on peut dire. Aucune jalousie ne m'anime. Non, simplement de la colère.

— Je ne vous ai rien fait. Foutez-moi la paix !

— Le trafic de drogues me déplait, Hoffman. J'apprécie ce qui est clean. J'aime la vertu et vous êtes vicieux.

— Je ne suis pas un dealer. Qui vous a raconté une telle connerie ?

— Personne n'a dit que vous étiez un dealer. Vous êtes trop lâche pour cela. Vous préférez laisser le sale boulot à des petites mains. Vous les envoyez dans les quartiers et dans les cités, vendre vos saloperies. Non, vous n'êtes pas un dealer. Vous êtes au-dessus de tout cela. Vous êtes… disons un grossiste. Peut-être même fabriquez-vous certaines de vos substances, avant de les vendre… Comme je vous l'ai dit, je ne suis pas flic. Je n'ai pas poussé mon enquête au-delà de ce qui m'était nécessaire.

— Nécessaire pour quoi ?

— Pour vous juger. Je suis le juge du Passage Richelieu.

— La sentinelle, le juge ? C'est quoi ce délire. Vous n'êtes rien du tout. Il vous manque une case, voilà la vérité.

— C'est vrai. Vous avez raison, je suis un peu fou de discuter avec vous. C'est une perte de temps. Alors passons directement à votre procès, voulez-vous ?

Ezechiel était entré chez André Hoffman en prétextant un relevé de compteur. L'homme ne s'était pas méfié. Le visiteur avait vraiment l'air d'un agent de l'EDF. Il portait un blouson gris et une casquette avec le logo de la compagnie. Une fois à l'intérieur, Ezechiel avait exhibé un pistolet automatique. Hoffman n'avait pas résisté. Il avait d'abord cru à un simple braquage.

L'intrus lui avait ensuite passé des menottes en le forçant à placer ses mains derrière le dos. Puis, il l'avait obligé à s'asseoir sur une lourde chaise Louis XVI. Tout en le menaçant de son arme pointée sur le visage, Ezechiel l'avait habilement entravé. D'abord, il avait bloqué son torse et ses bras avec un rouleau adhésif pour emballages. Enfin, il avait parachevé son œuvre avec une cordelette en nylon.

— Vous réclamez du pognon ? lança Hoffman d'une voix dans laquelle commençait à percer l'angoisse.

— Non, l'argent ne m'intéresse pas.

— Alors qu'est-ce que tu veux ?

Hoffman avait repris le tutoiement…

— Je vous l'ai déjà dit… Je désire vous juger, Hoffman. Rassurez-vous, le procès sera équitable. Je vais tout d'abord vous lire les chefs d'accusation. Ensuite si vous avez quelque chose à dire pour votre défense, je vous écouterais. Pour terminer la séance du tribunal, je prononcerai le verdict. Sachez que ma justice est binaire. Ou vous serez déclaré coupable. La seule sentence sera alors la peine de mort. Immédiatement applicable. Ou bien vous serez déclaré innocent et je vous libèrerais aussitôt. Dans ce dernier cas, je rentrerais chez moi. On oubliera l'incident et la vie continuera comme si de rien n'était.

— La peine de mort ! Tu veux me buter, c'est ça… Tu te prépares des lendemains difficiles. Mes associés vont te chercher. Ils finiront par te retrouver. Et là… ils s'occuperont de toi jusqu'à ce que tu regrettes d'être né. Connard !

— Ah !... Des menaces, des insultes. Vous me décevez, Hoffman. On ne menace pas la Justice. Cela ne se fait pas. De plus, vous aggravez votre cas par vos propos incorrects. Bref, entamons l'exposé de l'acte d'accusation.

Ezechiel sortit un papier de sa poche. Il le déplia très soigneusement et, à haute voix, débuta sa lecture... Hoffman quant à lui commençait à flipper sérieusement. Ce type avait l'air totalement déjanté. Et surtout, il le sentait capable de mettre ses menaces à exécution.

Il tenta de desserrer ses liens. Mais plus il s'agitait, plus les nœuds semblaient se bloquer. Après quelques secondes, Ezechiel arrêta sa lecture.

— Vous n'écoutez pas, Hoffman. Je vois bien que vous essayez de vous détacher. Vous feriez mieux de rester attentif à ce que je vous dis. Cessez donc de vous tortiller. Mes nœuds sont simples et fiables. Nœuds de pécheur pour bien vous fixer au siège. Nœuds de pichot pour attacher vos jambes aux pieds de la chaise. J'ai été marin dans ma jeunesse. Le matelotage n'a pas de secrets pour moi.

Hoffman essayait de réfléchir à toute vitesse. La situation devenait de plus en plus inquiétante pour lui. Ezechiel lisait d'une voix monocorde les chefs d'accusation. Il l'incriminait de trafic de drogues. Il lui reprochait de le faire sans scrupule et dans son seul intérêt personnel. Et, faute suprême, il pensait que des toxicomanes étaient morts à cause de lui. Des familles avaient été brisées par ses activités illicites. L'argent salement gagné était utilisé pour mener une vie fastueuse. Puissantes berlines allemandes, voyages et villégiatures dans les plus grands hôtels, dépenses somptuaires en compagnie de filles de petite vertu. La litanie de ses exactions dura près de cinq minutes.

— Voilà la liste de vos méfaits, Hoffman. Avez-vous quelque chose à dire pour votre défense ?

Hoffman se remit à s'agiter dans tous les sens, en écumant de rage. Puis constatant que ses efforts demeuraient vains, il déversa une bordée d'injures à l'encontre d'Ezechiel. Ce dernier s'aperçut que l'une des fenêtres du bureau était entrouverte. L'appartement se situait au troisième étage, cependant, William voulait éviter que les cris ne s'entendent dans le Passage.

Il ferma donc la baie. Puis saisissant son rouleau de bande adhésive, il le tendit autour du visage de son prisonnier, afin de le bâillonner. Les cris cessèrent et on n'entendit plus que de longs grognements et des borborygmes.

Ezechiel sortit de son sac une trousse en cuir et une batte de base-ball. Il les posa sur la table, à côté d'Hoffman. Il commença à déplier la pochette : elle contenait des instruments chirurgicaux.

— Vous n'aviez manifestement rien à dire pour votre défense, mon pauvre Hoffman ! Alors la sentence est évidemment la mort. Deux options s'offrent à moi. La première consiste à vous éviscérer à l'aide de ce bistouri. Les gens parlent souvent, à tort, de scalpel. Or, ce dernier s'utilise uniquement sur les cadavres pour la dissection. Bien que mes instruments soient parfaitement affutés, ce serait assez long, plutôt douloureux et assez répugnant, vous en conviendrez. Ce châtiment a fait partie de la fameuse peine appliquée autrefois en Angleterre pour haute trahison. Nos amis d'outre-Manche appelaient ce supplice *Hanged, drawn and quartered.* Le prisonnier était d'abord pendu, mais on le détachait avant qu'il ne meure et il était alors éventré. Pendant qu'il vivait encore, on brulait ses viscères. Pour terminer, on le coupait en morceaux dont le Roi d'Angleterre pouvait disposer comme bon lui semblait. Ici, à mon plus vif regret, je n'ai pas les moyens de vous glisser la corde au cou. J'ai donc pensé à autre chose pour vous.

Ezechiel William se pencha vers Hoffman. Ce dernier était peu à peu passé de la colère et de la rage, à la terreur. Il avait compris qu'il se trouvait entre les mains d'un psychopathe. Ce type allait mettre sa menace à exécution. Il s'était fait piéger comme un débutant ! Maintenant il était à sa merci et n'avait aucun moyen de se défendre.

— Je suis allé au cinéma hier, continua William. J'ai vu un excellent film : *Les Incorruptibles,* avec Robert de Niro. Lors d'un banquet, cet acteur, que j'aime beaucoup, corrige un traître, à l'aide d'une simple batte de base-ball… Comme celle-ci ! Il n'y va pas de main morte, je peux vous le certifier. Il lui suffit de quatre coups bien portés pour achever le félon. Voyons voir si je fais aussi bien que lui…

Quelques secondes plus tard, Ezechiel se redressa. Une goutte de sang avait giclé près de son œil droit. Il s'essuya le visage du revers de la main. Hoffman était vautré sur son fauteuil Louis XVI, le crâne en bouillie. Il avait dû frapper six fois. Moins bien que de Niro…

En relevant la tête, William aperçut une fillette qui le regardait. Son nez était collé contre une fenêtre de l'immeuble d'en face, de l'autre côté du Passage Richelieu, à quelques mètres de lui.

La jeune fille pouvait avoir une douzaine d'années. Ses traits fins étaient parfaitement dessinés. Des cheveux blonds, très longs, encadraient ses pommettes et mettaient sa beauté en valeur. Ses yeux d'un bleu lumineux étaient écarquillés de surprise.

Ezechiel l'observa quelques instants. La jeune fille demeurait immobile, le regard fixé sur la scène à laquelle elle venait d'assister. William lui sourit et plaça son doigt devant la bouche pour lui faire signe de se taire.

Puis, il ramassa sa batte de base-ball et son sac. Il éteignit la lumière, descendit tranquillement dans le Passage Richelieu et se fondit dans la nuit.

Philippe Vanderbert, le directeur de la Police Judiciaire travaillait à son cabinet dans le bureau numéro 315, quai des Orfèvres. Depuis le début de la soirée, le commissaire Bertrand Louvier et l'inspecteur principal adjoint Michel Delaroche étaient assis en face de lui.

Vanderbert connaissait bien les deux hommes. Ils étaient en poste au commissariat du 2e arrondissement de Paris, rue du Croissant. Vanderbert les considérait comme des collaborateurs efficaces et plutôt bien notés.

Cependant, certains reprochaient au commissaire Louvier de ne se sentir motivé que par les crimes passionnels ou les affaires scandaleuses.

Quant à Delaroche, il apportait un peu de sang neuf dans l'équipe. Et aussi des méthodes nouvelles, inspirée des techniques scientifiques de la police américaine. Dans un coin du bureau, un secrétaire sans âge, le teint fatigué, prenait des notes tout en répondant parfois au téléphone.

— Non, Monsieur Vanderbert ne peut être joint en ce moment. Il est en réunion. Dois-je lui laisser un message ?

Il avait répété cette phrase une demi-douzaine de fois. De temps à autre, il rajustait ses lunettes, toussotait et se remettait à écrire.

Bertrand jeta un œil vers lui. Il se demanda si le secrétaire prenait ses notes en sténo. Ce détail apparaissait sans intérêt. La réunion lui semblait se prolonger trop longtemps. Beaucoup trop longtemps, pour un simple règlement de compte entre malfrats.

—Nous avons interrogé de nombreuses personnes habitant le Passage Richelieu. Personne n'a rien vu ni rien entendu. Je crois qu'ils disent la vérité. La victime était bâillonnée. Elle a été tuée à l'aide d'un objet très dur. Probablement en bois. Plusieurs coups portés violemment. La tête a littéralement éclaté. Pas beau à regarder… Le médecin légiste nous confirmera tout cela.

Bertrand Louvier parlait assez vite. Vanderbert se rendait compte que son interlocuteur était pressé d'en finir. C'était mal le connaitre. Le directeur de la PJ était un homme méticuleux. Pas question de précipiter les choses. Chaque affaire méritait qu'on y passe le temps nécessaire. Il regarda Bertrand en plissant les yeux.

Louvier était ce qu'on pourrait appeler un « vieux » commissaire de Police Judiciaire. Il avait atteint la cinquantaine. Et avec elle, était apparu un embonpoint que Vanderbert trouvait inélégant. Sa silhouette, qui avait dû être athlétique, s'était empâtée au fil de la quarantaine finissante.

Louvier était grand, cheveux bruns, raides et coupés courts. S'il avait été acteur, on lui aurait confié des rôles de flics, dans des films ou des séries télévisées. On lisait dans son regard un mélange de volonté usée, d'intuition, d'énergie latente et de bonhomie.

Il était vêtu d'un costume gris, sérieusement élimé. Vanderbert lui avait permis de tomber la veste. Bertrand Louvier avait alors exhibé une chemise en polyester avec de fines rayures bleues, parfaitement démodée. Ses chaussures, aux semelles de crêpe couleur miel, sentaient l'article bon marché.

Un seul détail de sa tenue plaisait à Vanderbert. C'était le superbe holster d'aisselle *Galco*, en cuir, accroché autour de son épaule gauche. Un homme qui soigne son armement et investit sur ses deniers personnels, pour améliorer les fournitures réglementaires, ne peut être qu'un bon policier.

Effectivement, Bertrand était un bon policier. Vanderbert le savait. Pourtant, il éprouvait pour lui des sentiments ambivalents. Il l'aurait souhaité plus élégant, plus racé, plus représentatif de ce que le directeur appelait la Maison. Cette grande famille que constituait, à ses yeux, la Police Nationale et plus spécialement la PJ.

Et surtout, il aurait voulu le voir plus actif sur tous les dossiers. Vanderbert aimait les chiffres, les statistiques, les résultats. Louvier ne se surpassait que sur les affaires qui lui plaisaient. Il se montrait moins zélé sur le classique, le tout-venant. Cela plombait son efficacité et par voie de conséquence celle de Vanderbert. Malgré de nombreuses mises au point, il n'avait pu obtenir le moindre changement chez Louvier. D'où ses sentiments mitigés à l'égard du commissaire.

— Ce Hoffman était un de vos amis ? demanda Vanderbert sur un ton humoristique.

Le directeur fumait des Gitanes brunes avec une énergie telle que la pièce était totalement embrumée. Ses moustaches et ses dents étaient jaunies par les goudrons. Même ses cheveux, qui avaient dû être châtain clair autrefois, semblaient rongés par les substances contenues dans le tabac.

— Bien connu de nos services, monsieur le directeur. Hoffman était un trafiquant de drogue. Mais depuis quelque temps, il avait commencé à réinvestir son argent dans des activités un peu plus… respectables, si je puis dire.

— Quel genre d'activités ?

Bertrand fit un signe de la tête en direction de Michel Delaroche. Le jeune inspecteur était un garçon d'une trentaine d'années. Des yeux bleus, les cheveux bruns, assez longs. Trop longs pour Vanderbert. Le style gendre parfait des séries TV. On le disait, dynamique, fraichement émoulu de l'école de police, avide de nouvelles technologies d'investigation.

Louvier avait perdu, depuis des années, l'enthousiasme et l'idéalisme qui animaient encore Delaroche. Ce dernier passa la langue sur ses lèvres, avant de dire :

— Je l'ai placé sous surveillance depuis quelques mois, Monsieur Le Directeur. Un indic me donne des infos complémentaires. Elles recoupent mes recherches. Hoffman a acheté récemment deux bars près de la Madeleine. Puis un sex-shop, rue Blondel, dans le quartier Saint-Denis. Pour faire bonne mesure, il a aussi investi dans l'immobilier. Trois studios, dans un immeuble près de la Place Blanche. Il les louait. Mais pas à des étudiants ou à des célibataires. Il préférait, moyennant finances bien sûr, les prêter à des putes… Excusez-moi, monsieur le directeur, je veux dire à des péripatéticiennes du quartier. Elles venaient du secteur de Pigalle pour faire leurs passes. Pas de problème d'impayés, pas d'huissier, pas d'expulsion. Tout se réglait au black. A raison de trois cents francs l'après-midi, ou la soirée ou encore la nuit. Hoffman avait réinventé la journée continue, les trois-huit, et créé un bon filon.

— Qui est votre indic ?

— C'est un barman, un dénommé Le Fur. Il travaille au *Blueriver*. Un des pubs appartenant à Hoffman. C'est un type assez tordu et surtout loquace. Une vraie pipelette. Le genre un peu branquignol, mais je l'ai bien sous contrôle. Il réalise du bon boulot. Je l'appelle la Fouine ou le Furet, ça dépend des jours…

Vanderbert agita les mains, pour marquer que les détails relatifs aux surnoms des indics de ses inspecteurs ne l'intéressaient pas. Il semblait signifier par ses gestes : passons à autre chose.

— Hoffman comptait des ennemis répertoriés ?

— Des ennemis ? Non ! répondit Michel, en jetant un œil vers Bertrand Louvier comme s'il parlait sous son contrôle. On disait Hoffman réglo. Pour ce qui est de la came, il livrait, sans histoire, tout ce qui était commandé. Toujours de la marchandise de qualité. Un petit commerce presque pépère. Il travaillait principalement avec des types fournissant la banlieue nord. Je pense que son stock de drogue était dispersé dans quatre ou cinq planques. Sans doute chez des potes à lui, qu'il arrosait de temps en temps. Pour le reste, ses bars servaient surtout à blanchir une partie de son oseille… Je me demande pourquoi les Stups ne l'ont, pour ainsi dire, jamais inquiété…

— Vous connaissez les Stups, Delaroche… Le directeur de la PJ ne termina pas sa phrase. Il semblait dire que les Stups avaient quelque intérêt occulte à le laisser tranquille.

— Alors pourquoi l'a-t-on buté ? continua Vanderbert en écartant les bras comme s'il invitait à ce qu'on lui présente une réponse plausible.

— Monsieur le Directeur, je pense que nous sommes en présence d'un simple règlement de compte, intervint Louvier. On n'a découvert aucune trace d'effraction. Hoffman a accueilli le, ou les tueurs chez lui. Il leur a ouvert gentiment la porte, les a laissés entrer. Là, les choses ont mal tourné pour lui. Il n'y a pas eu de fouille de l'appartement, aucun objet n'a été déplacé. Les tiroirs, les armoires, les placards n'ont même pas été fouillés. Les visiteurs ne cherchaient manifestement rien et à fortiori, pas de l'argent. D'ailleurs, Hoffman ne gardait pas d'espèces chez lui. On a juste trouvé cinq cents francs dans ses poches, en petites coupures. Je suis profondément convaincu qu'Hoffman gênait des personnes ou empiétait sur des territoires. Et cela ne pardonne pas dans le milieu. En fait, vous connaissez ma position : quand les malfrats se flinguent entre eux, ils soulagent la police et la justice.

— Oui, sauf que nous devons faire aboutir une enquête maintenant ! Je ne vois pas bien où se situe le soulagement. Je suis au fait de vos sentiments sur ce genre d'affaires. Vous vous dites : laissons-les s'entretuer. Du moment qu'on ne dénombre aucune victime collatérale, tout est pour le mieux dans le meilleur des mondes. Eh bien, sachez que ce n'est pas la manière dont je perçois les choses. Vous allez mener cette enquête avec diligence, Louvier. Je veux deux rapports hebdomadaires, circonstanciés, sur vos investigations. J'ai parlé tout à l'heure avec le procureur de la République, mon ami Saint Grenier. Nous nous retrouvons sur la même longueur d'onde. C'est le moment de donner un coup de pied dans la fourmilière. Indics, truands, putes, demi-sels, caïds, vous me remuez tout ce petit monde. Mettez Delaroche et deux inspecteurs sur le coup. Vous laissez les autres affaires en suspens, jusqu'à nouvel ordre. Je veux l'assassin d'Hoffman !

Louvier regarda Vanderbert avec un air de profond étonnement. Pourquoi son patron le lançait-il dans une telle mission ? Il créait presque une brigade spécialisée pour le cas Hoffman. Tout cela pour un trafiquant de seconde magnitude !

— Vous vous demandez pourquoi je vous intime l'ordre de vous montrer efficace, Louvier... C'est très simple. Je suis persuadé qu'Hoffman est le premier d'une liste. Combien de noms sur cette liste, je l'ignore. C'est justement pour que le nombre de cadavres n'augmente pas que je vous prie d'agir. Vous avez remarqué qu'on a exécuté Hoffman de façon plutôt artisanale. Pour moi, ce n'est pas un travail de professionnel. C'est du boulot d'amateur. Au mieux, l'œuvre d'un tueur solitaire et anachronique. Or les amateurs prennent goût au crime. Les anachroniques font déjà cela par plaisir. Dans les deux cas de figure, si vous n'agissez pas rapidement, je vous tape mon billet que nous aurons, dans les jours ou les semaines qui viennent, un second macchabée sur les bras. Je voudrais éviter cela…

— Nous ferons le maximum, intervint Delaroche en hochant la tête.

Depuis son entrée dans la police, il avait toujours nagé dans le sens du courant. Son arrivée au commissariat du 2ᵉ arrondissement avait, en quelque sorte, tempéré les velléités d'indépendance de Louvier.

Le vieux commissaire s'était souvent rangé aux avis de son subordonné. Leurs plus vifs différends éclataient sur ce que Bertrand considérait comme de petites affaires. Les vols avec voie de fait, les violences conjugales, ne l'intéressaient pas.

Michel Delaroche se sentait, au contraire, proche des victimes et avait le sentiment de servir vraiment à quelque chose, en travaillant sur ces cas quotidiens. Il le faisait bien volontiers. Bertrand Louvier le laissait agir sans approuver.

— C'est une sacrée enquête, lui disait souvent Louvier, par dérision. Tu as bien fait d'entrer à la PJ !

Delaroche ne réagissait pas à ces moqueries. Les crimes n'étaient pas si nombreux dans l'arrondissement. Il trouvait ainsi du temps à consacrer à cette délinquance de moindre envergure.

Vanderbert renouvela sa requête d'un rapport bihebdomadaire et prit congé des deux policiers. Il était 21 heures. La nuit était tombée sur Paris. Une nuit froide et humide. Un léger brouillard flottait sur la Seine. Louvier remonta son col et demanda à Delaroche :

— Vous avez le temps de boire un verre, Michel ?

— Merci, mais ma femme m'attend. Il me faut une petite heure pour rentrer. Je vous dis à demain, Commissaire.

— A demain, Delaroche…

Louvier resta seul sur le trottoir, tandis que Michel s'engouffrait dans une bouche de métro. Bertrand sentit monter un coup de blues. La femme de Delaroche l'attendait… Il avait plus de chance que lui. La sienne ne l'attendait plus depuis belle lurette. Nicole l'avait prévenu : s'il rentrait après huit heures, elle dinait sans lui et allait regarder la télé dans sa chambre.

Oui, il était marié. Néanmoins, cette situation était devenue pire que le célibat. Vivre sous le même toit, faire chambre à part, se croiser de temps à autre dans la cuisine ou le couloir. Faire bonne figure devant les rares amis ou vis-à-vis de la famille. Tous ces compromis, toutes ces lâchetés écœuraient Bertrand.

Pourtant il n'avait pas le courage d'y mettre un terme. D'ailleurs où irait-il ? L'idée d'habiter seul lui déplaisait. Il devrait refaire sa vie. Mais il se demandait quelle femme pourrait trouver attirant ce flic usé, désabusé, qu'il était devenu. L'immobilisme représentait son lot quotidien. La fadeur d'une existence sans projet n'offrait rien d'enthousiasmant.

Les uniques périodes où il revivait étaient celles des grandes enquêtes. Pour retrouver de l'adrénaline, il attendait une chasse au meurtrier, les interrogatoires, les visites à l'institut médico-légal, les réunions avec les services d'identification criminelle, les descentes dans les quartiers interlopes, les planques interminables, les nuits blanches. Le cas Hoffman ne lui apporterait certainement rien de tel. La paperasserie et les rapports ennuyeux, c'est tout ce que cette affaire allait lui offrir.

Louvier décida de rentrer à pied chez lui. Rien ne pressait…

— Je les hais tous. Oui, tous ! D'abord le petit peuple. Ce sont des ivrognes. Les parents boivent, leurs enfants boivent autant. En plus, ils fument du cannabis. J'exècre également les marchands d'armes et les militaires. Ce sont les apôtres de la guerre et du malheur. Oui, Ducastain ! Je déteste aussi les bourgeois. Les hommes d'affaires qui guettent la ruine des autres pour s'enrichir. Je n'oublie pas les aristocrates déchus. Ils n'ont pas tous été décapités. Il en reste encore. C'est comme la vermine. Impossible de les éradiquer, ces suprêmes avortons de notre décadente histoire. Ils n'en ont plus les moyens, mais s'ils le pouvaient, ils continueraient à humilier, à dominer, à berner ceux qui n'appartiennent pas à leur caste.

Ezechiel avait croisé ses mains sur la table. Il s'était redressé, avait relevé la tête et affichait une moue de dégoût et de suffisance. Julien Ducastain, son interlocuteur y voyait de la force, de la volonté, une affirmation de sa puissance. Toutes ces qualités qui lui manquaient pour être quelqu'un que l'on respecte.

Julien était brun, les yeux noisette. Son visage, de teint très clair, aux traits assez réguliers, ne présentait aucune particularité. Il possédait la tête de monsieur Tout-le-Monde. Ducastain mesurait moins d'un mètre soixante-dix. Sa taille, inférieure à la moyenne, ne lui avait jamais permis d'en imposer d'emblée. Il se savait dépourvu de charisme. Au final, il paraissait être un homme quelconque, très effacé, introverti. Toute sa gestuelle, ses postures, reflétaient un manque d'assurance. Il masquait sa timidité par une attitude apparemment flegmatique. Pourtant son regard révélait une très vive intelligence, une intuition très fine. L'alliance des deux lui permettait de survivre en société, sans être mangé comme un vulgaire agnelet.

Les deux hommes étaient assis à la terrasse du café *Le Saint-Martin*. Les tables s'étalaient, bien alignées dans le Passage Richelieu. Elles demeuraient à l'abri du soleil en été, des intempéries en hiver, sous la verrière classée monument historique.

Ezechiel venait souvent boire un chocolat au *Saint-Martin*. Il y avait déjà vu Ducastain à plusieurs reprises et avait dialogué avec lui. Leurs conversations n'avaient jamais été au-delà d'échanges de banalités sur la météo, la hausse du prix du gaz, l'ouverture d'un nouveau magasin dans le Passage, un chien qui aboyait parfois la nuit et réveillait les riverains. Rien de très intéressant.

Pour la première fois, ils se trouvaient installés à la même table. C'est Ezechiel qui était venu se placer en face de lui car toutes les autres places étaient occupées. Julien, d'habitude si réservé, avait voulu connaitre l'opinion de William sur le crime, commis trois jours plus tôt dans le Passage. Mais Ezechiel lui avait fait comprendre que cela ne l'intéressait pas. Il préférait parler de l'avenir, des vivants, du peuple. Puis, très vite, William avait pris la direction de leur conversation. Il était devenu vindicatif et sarcastique.

— C'est vrai. Je n'épargnerai pas grand monde. En fait, seuls les gosses vont trouver grâce à mes yeux. Les jeunes enfants. Ceux qui croient encore au père Noël, aux contes de fées. Au Petit Prince et aux princesses. Vous savez ce que je vais faire ? Je vais créer un Comité de Quartier. Il rassemblera toutes les personnes vivant dans le Passage.

— Euh… Je pense qu'il existe déjà une association des habitants du Passage Richelieu, proposa timidement Ducastain.

Tout en osant cette remarque, il observait la tenue vestimentaire de William. Un pull à col roulé noir semblait soutenir son ample visage. Il portait aussi un épais blouson de cuir vieilli qui accentuait sa puissante carrure. Une casquette à large visière était vissée sur son crâne.

Julien ne pouvait s'empêcher de se sentir emprunté. Il se contentait d'un pantalon et une veste en velours grosse côte, de couleur chocolat. Les deux paraissaient totalement démodés et dépareillés. Sa chemise blanche disparaissait derrière une écharpe en flanelle écossaise hors d'âge.

Ezechiel avait l'apparence d'un homme sportif, conquérant, dans la force de la quarantaine finissante. Et Julien l'allure… de ce qu'il était. Un écrivain moyen, voire médiocre. Plus à l'aise aux tables des bibliothèques que dans les salons mondains.

— M'en fous ! rugit Ezechiel. Leur association c'est de la roupie de sansonnet, une chiure de mouche. Moi, j'imposerai des règles, grâce à ce Comité. Je ne serai pas seul. Les gens de bonne volonté sont nombreux. Malheureusement, ils vivent cachés. Ils ont peur. Ils ont besoin d'un guide. Je serai ce guide. Nous écrirons un code de conduite pour les habitants du Passage. Il s'appliquera à tous, y compris aux simples promeneurs, aux visiteurs. Et pour ceux qui refuseront de suivre les règles, il faudra bien agir et sévir ! Les remettre dans le droit chemin !

— Et pour les artistes comme moi, qu'avez-vous prévu ? Vous me censurerez ? Vous allez m'empêcher de créer ? Je devrais me plier à vos normes, c'est cela ? lança Ducastain en reprenant un peu d'assurance.

— Vous croyez que vous êtes devenu un être à part, parce que vous avez écrit quelques bouquins ? Vous êtes un philistin apathique, Julien Ducastain !

— Avez-vous lu mes livres ?

– Non ! Pas besoin. Il me suffit de vous regarder. Vous adoptez l'attitude des petits maîtres. Vous êtes pétri d'autosatisfaction. Cela se voit comme le nez au milieu de la figure. Cela s'entend aussi. J'écoute vos phrases orgueilleuses. Tout cela constitue un véritable gâchis. Au fond de moi, je suis persuadé que vous avez du talent. Mais vos œuvres puent le banal, le commun, le consensuel, le mensonger, l'égoïsme.

— Je ne vois pas ce qui vous autorise à de tels jugements contradictoires. Vous ne m'avez jamais lu !

— Je vous dis que je n'ai pas besoin de vous lire pour deviner vos idées. Bon, écoutez… faisons un deal. Donnez-moi un de vos écrits. Vous remarquez que je vous laisse une chance. Après tout, je ne suis pas infaillible. Je vais le feuilleter. Choisissez bien le bouquin en question parmi vos… « zœuvres ». Prouvez-moi que vous n'êtes pas un de ces trotskistes qui se servent de la littérature pour déverser leur théorie fielleuse. Démontrez-moi que vous n'êtes pas non plus, un de ces petits fachos nazillons crépusculaires attendant la guerre, ou le retour de Benito.

— Je vais vous donner un de mes livres, c'est entendu. Nous pourrons en discuter ensuite. Mais cessez vos procès d'intention.

— Qui a bien pu tuer ce dealer ? Vous pensez que c'est un règlement de compte ? lança Ezechiel en regardant Julien avec des yeux écarquillés.

— Je croyais que vous ne souhaitiez pas en parler.

— C'est exact. Tout à l'heure, je ne voulais pas en discuter. Maintenant, j'ai envie d'en parler. Vous pouvez comprendre que, selon mon humeur, je choisisse mes sujets de conversation ? Vous pouvez comprendre cela, monsieur le Professeur ?

— Oh ! Vous êtes lassant à la fin.

— Répondez à ma question. C'est un règlement de compte ?

— Je pense que cette hypothèse arrange tout le monde. Règlement de compte, cela signifie que les autres habitants du Passage ne sont pas concernés. Cela veut aussi dire pour la police : pas d'inquiétude. Les malfrats s'éliminent entre eux. Inutile de faire du zèle.

— Pas mal vu. Vous avez un bon sens de l'analyse des situations.

— Ha ! Vous me reconnaissez au moins une qualité, dit Ducastain avec un petit rire de soulagement.

— Pas du tout ! Vous êtes à côté de la plaque. Pour moi ce n'est pas un règlement de compte. C'est un crime d'honneur. C'est totalement différent. Ce dénommé Hoffman a dû manquer de respect à quelqu'un qui ne laisse pas l'insolence impunie. Il a payé son absence d'humilité. On doit reconnaître qu'il s'affichait pas mal. Vous l'avez bien constaté, vous aussi ? Il se baladait avec sa BM décapotable et ces blondasses qui lui collaient au train.

— Non, je ne l'ai pas vraiment remarqué. J'ai dû l'apercevoir une fois ou deux. On se connait tous plus ou moins dans le Passage. Cependant, vous savez, je ne me passionne pas beaucoup pour les activités de mes voisins. Je suis…

— C'est mauvais ce que vous dites. Un écrivain qui ne s'intéresse pas à son entourage ! Vous me démontrez à nouveau que vous vivez dans une réalité virtuelle, Ducastain. Un univers parallèle. Tout le monde s'occupe de ses voisins. Tout le monde observe ses semblables. Sauf des penseurs délabrés comme vous. Vous ne savez pas ce qui se passe à dix mètres de votre porte et vous prétendez éclairer le public par vos ouvrages. C'est de l'imposture !

— Ca y est, vous recommencez, lança Julien d'une voix chargée d'exaspération. Il finit son verre d'un seul trait avant de se lever.

— Bon, vous habitez à quel numéro ? Je vous glisse le bouquin et on se reverra bien un jour. Vous me direz ce que vous en pensez.

— Je suis rarement chez moi. Donnez plutôt une enveloppe à Gilbert, le patron du bistrot. Mettez-là à mon nom : Ezechiel William. Il me la transmettra. Retrouvons-nous ici, un soir de la semaine. Je vous préparerai mes petits commentaires.

Ducastain se leva et tendit la main pour saluer Ezechiel.

— Sans rancune, dit ce dernier avec un sourire en coin.

— Non, pas de problème. Je vous dis à bientôt.

— A bientôt, l'ami.

Ezechiel demeura seul à la terrasse du Saint-Martin. Il se sentait parfaitement heureux. Grâce à lui le passage était débarrassé de cette scrofule que constituait, selon lui, Hoffman. Bien sûr la police était intervenue. C'était ennuyeux et un peu dommageable pour l'image du quartier. Mais cet inconvénient était largement compensé par le résultat de son geste purificateur.

Un autre évènement lui paraissait très satisfaisant : son acte avait eu un témoin : cette gamine qui l'observait depuis sa chambre. Aucun des articles de presse que William avait lu n'évoquait la présence de la jeune fille au moment des faits. Elle n'en avait donc certainement pas parlé à ses parents.

Ezechiel connaissait aussi bien les enfants que les adultes. Les premiers savent parfaitement garder un secret lorsqu'il le faut. Les adultes, par contre, ont fréquemment un déplorable et irrépressible besoin de communiquer, de se confier, de se « vider ». Il était dès lors convaincu que c'était pour lui une chance d'avoir été observé par une gamine et non par une personne plus âgée. Sans doute un signe que le destin demeurait à ses côtés…

Ezechiel William sortit un bloc de papier, un stylo Mont-Blanc et se mit à écrire soigneusement :

Mon très cher Papa,

Je sais que là où tu es, tu peux me lire. C'est avec une grande joie que je t'annonce avoir commencé le travail que tu m'as réclamé. Ainsi que tu me l'as recommandé, j'ai bien observé les personnes qui résident dans le Passage.

Tu avais raison en m'envoyant ce message. La plupart d'entre eux sont de braves gens. Ils n'ont pas conscience que des êtres nuisibles se sont installés parmi eux.

La routine de la vie se lit sur les visages des habitants honnêtes. Goutte à goutte, le péché suprême s'est infiltré jusque dans leurs veines : le renoncement, le manque de vigilance. J'ai trouvé ma voie : les sauver sans qu'ils s'en rendent compte. Je n'attends aucun remerciement de leur part. Mon seul bonheur est de les protéger.

Il y a trois jours, j'ai éliminé Hoffman. Tu as bien fait d'appeler mon attention sur son cas. C'est un truand qui ne méritait pas de vivre ici. Je l'ai tué sans remords. Une petite fille m'a vu le faire. Elle était belle comme l'aube naissante. Une aube qui se lèverait sur le Passage, signe de temps meilleurs à venir. Mais je sais que je suis loin d'avoir accompli tout le travail. J'ai plusieurs personnes à surveiller. Ceux que tu m'as désignés et aussi ceux que j'identifie comme des nuisibles.

J'étudie actuellement le cas d'un écrivain qui habite au numéro 47. Il doit me donner un de ses livres. Je prendrai une décision après avoir lu son texte. Toutefois cet homme me semble, d'ores et déjà, très suspect. Je crains de devoir sévir contre son immoralité.

Mon très cher Père, j'espère que tu seras fier de moi. Je t'envoie toute mon affection et tout mon respect filial.

Je t'écrirai à nouveau très prochainement…

Ton fils qui t'aime

Ezechiel.

William se redressa. C'est vrai qu'il était fier de ce qu'il accomplissait pour le Passage et ses habitants. Quelque part, il se considérait comme un dieu protecteur, agissant à l'insu des hommes, pour leur bien.

Il sortit une enveloppe de sa poche et écrivit l'adresse du destinataire : Nathan William, 175 Rue du 11 Novembre, à Lesconil dans le Finistère. Il y inséra la lettre qu'il venait de rédiger et ferma soigneusement son courrier.

Il paya sa consommation avant d'aller directement vers la boîte située au bout du Passage. Il glissa calmement le pli dans la fente, se frotta les mains de satisfaction et partit en sifflotant se promener sur le Boulevard des Italiens.

Une heure plus tard, la lettre fut acheminée vers le centre de tri le plus proche, puis à la gare Montparnasse et le soir même elle roulait dans le train de nuit se dirigeant vers Quimper.

Puis une camionnette la déposa à la poste de Lesconil. Le facteur, Gérard Nédelec, fut juste un peu étonné de distribuer le deuxième courrier adressé à Nathan William, en moins d'une semaine.

Nédelec effectuait cette tournée depuis plus de vingt ans. Il se souvenait parfaitement de Nathan William. Un homme rude et assez brutal qui ne possédait aucun ami dans la région. Il avait habité à Lesconil, dans les années 50, avec son fils. Un grand garçon bizarre et sauvage, au regard étrange et perçant. Nathan était veuf. Sa femme était morte alors que leur enfant avait à peine huit ans.

Gérard Nédelec savait aussi que le décès de Nathan William remontait à 1972, quinze ans auparavant. La maison située 175, rue du 11 Novembre, avait été vendue à une autre famille. Il apposa donc le cachet : *n'habite plus à l'adresse indiquée.*

Puis il plaça l'enveloppe dans le casier noté SCC. La missive partirait à Libourne au Service Client Courrier. Elle y rejoindrait les millions de lettres sans destinataire, postées chaque année.

Comme la plupart des passages couverts de Paris, le Passage Richelieu offrait l'aspect d'une galerie surmontée par une verrière. Ainsi le Passage recevait un éclairage zénithal lui donnant une lumière et une ambiance particulière.

Le Passage avait été construit entre 1825 et 1827. L'apparition des grands magasins et des grands boulevards, suite aux travaux d'Haussmann, avait signé la disparition de beaucoup de commerces abrités par ces galeries. La plupart des boutiques avaient été transformées en appartements ou en bureaux.

Ezechiel William se sentait fier d'habiter ce lieu. Il y était né et y avait vécu jusqu'à l'âge de cinq ans. Avec son père, il était parti pour la Bretagne. Il n'était revenu à Paris qu'après la mort de Nathan. Ezechiel connaissait parfaitement l'histoire du Passage. Chaque jour, en sortant de chez lui ou en y rentrant, il ne se lassait pas d'admirer la belle enfilade des arcades sur pilastres.

Ce matin Ezechiel avait conservé la même bonne humeur que la veille. Il était d'abord allé boire un chocolat au Café Saint-Martin. Le patron lui avait remis une enveloppe. Elle contenait le livre de Julien Ducastain. Ezechiel décida de profiter du soleil de fin d'automne qui rayonnait sur Paris. Il sortit du passage et se dirigea vers le square Louvois. L'un des seuls espaces verts du 2e arrondissement.

Au centre du jardin, la fontaine de figures féminines symbolisant les quatre grands fleuves français : la Seine, la Garonne, la Loire, et la Saône. D'un côté la Bibliothèque Nationale, de l'autre l'Institut japonais.

Il s'installa sur un des bancs et sortit le livre de Julien. L'ouvrage constituait un roman intitulé « La Ville désespérée ». Il ouvrit une page au hasard et commença sa lecture. C'était un dialogue :

- Où as-tu mal, mon frère ?

Dès le premier instant, il m'énerve et me fascine à la fois.

- Pourquoi m'appelez-vous mon frère ? Je ne vous connais pas.

- Tu es un étranger. Tout comme moi. Nos vies se consument ici, voilà pourquoi nous sommes frères. Et si tu ne t'en rends pas encore compte, laisse le temps faire son œuvre…

Les rires venant d'un groupe d'enfants attirèrent son attention. Ezechiel leva son regard. Elles étaient trois, à s'échanger des cartes. Mais ce qui le frappa immédiatement, c'est la présence de la jeune fille du Passage. Le témoin était là ! De temps à autre, elle regardait William avec ses grands yeux bleus.

Ezechiel ne put se replonger vraiment dans sa lecture. Il parcourait les lignes inscrites sur les pages. Impossible de se concentrer ! Il ne saisissait pas le sens des mots. Lui aussi observait la jeune fille à la dérobée. Leurs regards se croisaient fréquemment. Le manège dura plusieurs minutes.

Puis, deux des gamines se levèrent et partirent vers la rue Lulli. Elles firent signe à leur amie de les suivre, mais elle refusa et leur fit comprendre qu'elle devait rester là. Durant quelques instants, la jeune fille et Ezechiel demeurèrent assis, chacun sur son banc. Ils s'observaient. Finalement Ezechiel se leva et alla se planter devant elle.

— Comment t'appelles-tu ?

— Je m'appelle Maria.

— Maria ! C'est le plus beau des prénoms… déclara-t-il en prenant place au bout du banc. Ezechiel souleva sa tête, la tourna, croisa ses jambes puis les décroisa. Il était presque gêné par le regard clair de Maria.

— Tu m'as vu l'autre soir, n'est-ce pas ?

— Oui, répondit Maria. Je ne dirais rien à personne... Vous allez me faire du mal, monsieur ?

— Non ! Jamais, tu m'entends, ja-mais, je ne te ferais de mal, Maria. Je n'ai jamais fait de mal à un enfant, ni même à un adolescent. D'ailleurs pourquoi te ferais-je du mal ?

— Pour m'empêcher de raconter l'histoire...

— Tu viens de me déclarer que tu n'en parleras à personne. Je te crois, Maria. J'ai confiance en toi. J'ai tellement confiance en toi que je vais t'apprendre pourquoi j'ai fait... ce que tu as vu.

— Pourquoi avez-vous tué monsieur Hoffman ?

— Tu le connaissais ?

— Oui, un peu. Je le regardais parfois de chez moi.

— Qu'est-ce que tu voyais ?

— Il était souvent méchant.

— Qu'est-ce qui te fait dire cela ?

— Je le voyais taper des dames quand il était en colère.

— Il frappait des femmes ?

— Oui, elles venaient chez lui. Parfois, il les tapait et après il les embrassait.

— Tu apercevais tout ça de ta chambre ?

— Oui, je voyais tout quand la lumière était allumée. Des fois, il éteignait ou bien il les emmenait dans une autre pièce et je ne voyais plus ce qu'il faisait. Il était méchant en tout cas.

— Tu en as parlé à tes parents ?

— Je n'ai pas de parents !

— Pourtant tu vis bien avec eux, n'est-ce pas ?

— Non, Julia n'est pas ma mère et Fernando n'est pas mon père... Ce sont mes parents adoptifs.

— Tu aurais pu te confier à eux.

— Non, Fernando est trop méchant !

— Fernando est méchant ? Mais qu'est-ce qu'il a fait ?

— Il fait comme monsieur Hoffman. Il me tape et après il m'embrasse.

— Quoi ?

Ezechiel se sentit vaciller. Il pressentait que Maria allait lui dévoiler une horreur.

— Attends, attends, dit-il. Tu dois me dire uniquement des choses vraies, Maria. Tu peux avoir confiance en moi. Tu m'as promis que tu ne dirais rien. Eh bien moi aussi, je te jure que ce que tu vas me dire restera entre nous. Sauf si tu me demandes le contraire, bien sûr.

Maria demeura silencieuse. Son visage très pâle était envahi de tristesse. Comme une immense mélancolie débordait de chacun de ses traits. Ezechiel sentit monter en lui une émotion insupportable.

— Fernando te frappe, c'est cela ?

— Oui, il le fait souvent.

— Pourquoi te tape-t-il ? Il le fait lorsque tu n'es pas sage ?

— Non, il me frappe quand je ne fais pas ce qu'il veut que je fasse.

— Explique-moi…

— Fernando fait comme monsieur Hoffman avec les dames. Il me tape et après il m'embrasse de force. Et il m'emmène dans ma chambre. Il m'oblige à me mettre toute nue.

Ezechiel sentit un vertige lui dévisser la tête. Une sorte de nausée envahit sa poitrine. Il se força à respirer et à garder son sang-froid.

— Je rêve, dit-il machinalement.

— Non, c'est la vérité, monsieur Ezechiel.

— Tu connais mon prénom ?

— Oui, Fernando parle souvent des gens qui habitent dans le Passage.

— Il parle de moi ?

— Oui, des fois.

— Qu'est-ce qu'il dit ?

— Il vous appelle le juif.

— Pourquoi le juif ?

— A cause de votre prénom.

— Je ne suis pas juif. Mais ça n'a aucune importance. Ce qui compte, c'est ce que tu viens de m'expliquer. Ecoute, tu dois me jurer que tu me dis la vérité. C'est très grave ; réfléchis bien…

— Oui, je vous ai dit la vérité.

— Tu n'en as parlé à personne ?

— Non, j'ai trop honte.

— Alors pourquoi m'en parles-tu ?

— Parce que vous m'avez demandé de garder un secret. Je connais votre secret. Maintenant vous connaissez le mien.

Ezechiel acquiesça en hochant longuement la tête. Il sentait que son sang, après avoir reflué jusqu'au cœur, se remettait à circuler normalement. Petit à petit, il reprenait ses esprits.

— Quel âge as-tu, Maria ?

— J'ai douze ans et demi.

— Bien. Voilà ce qui va se passer, Maria. Tu vas rentrer tranquillement chez toi. Je vais regarder de mon côté ce que je peux faire pour que Fernando ne t'embête plus.

— Il vous écoutera ?

— Je suis certain qu'il ne t'embêtera plus. Laisse-moi deux ou trois jours. Tu as vu, des policiers rôdent encore dans le Passage. Ils viennent dans la journée et parfois la nuit. Nous devons attendre un peu qu'ils s'en aillent. Ensuite, je pourrais faire en sorte que tu ne sois plus ennuyée par Fernando. D'accord ? Tu me crois ?

Maria afficha un pauvre sourire qui arracha le cœur d'Ezechiel.

— Oui, je vous crois, monsieur William.

— Ah ! Tu connais aussi mon nom, c'est parfait. Maintenant, nous sommes des amis, Maria. Tu vas voir, un ami c'est précieux. Ça change la vie. Ta vie va devenir plus belle. Fais-moi confiance… allez ! Rentre vite chez toi. Et pense bien à nos deux secrets.

Maria se leva et partit en courant sans se retourner. Lorsqu'elle fut sortie du square, quand elle eut tourné l'angle de la Rue Lulli, Ezechiel William serra les poings et poussa un long hurlement de rage qui se perdit dans les bruits et les rumeurs de la ville.

Pour la première fois depuis ses quinze ans, il se mit à sangloter, seul, sur le banc public, au milieu des passants indifférents.

Le commissaire Bertrand Louvier regardait la Ville. Elle apparaissait belle, couleur d'albâtre sous un soleil éclatant qui éclairait les terrasses du bord de mer. Plus haut sur les collines, de luxueux hôtels s'élevaient, dominant l'océan.

Derrière, on apercevait des quartiers de maisons blanches sans étage. Le bateau, sur lequel il se trouvait, accosta. Louvier descendit sur le quai puis traversa une sorte d'esplanade. Une foule bigarrée envahissait les rues de la Ville. Des femmes enveloppées de longues tuniques et de voiles passèrent auprès de lui. Elles portaient des sandales de cuir laissant les chevilles nues. L'atmosphère était emplie de senteurs : parfums exotiques, épices, sueurs musquées, langueurs marines. Bertrand marcha quelques minutes dans ces rues et ces venelles. Il avait chaud et soif. Puis il arriva en face d'une gare et prit le premier train en partance.

Le convoi s'ébranla lentement et sortit de la Ville écrasée sous un soleil de plomb. Il roula ensuite dans une plaine jaune où des hommes au teint hâlé travaillaient sous les oliviers et les citronniers. Des soldats barbus et armés de fusils à baïonnette campaient auprès des villages qui parsemaient la campagne.

Un cavalier se mit à accompagner le train. Il soulevait un nuage de poussière et gesticulait, comme s'il voulait que la locomotive s'arrête. L'homme s'approcha du train et appela Louvier en criant et en lui faisant de grands signes de la main. Il s'approcha tellement qu'il saisit son bras. Il le secoua…

Louvier s'éveilla. Il se trouvait dans sa chambre à Paris. Il avait effectivement chaud et soif, comme dans son rêve. Mais ce n'était pas un cavalier qui lui secouait le bras, c'était Nicole, sa femme !

— Ben alors, tu n'entends pas le téléphone… C'est pour toi, grinça-t-elle sur un ton exaspéré.

Bertrand se redressa. Il jeta un œil sur son réveil. Il marquait cinq heures trente.

— Allo !

Louvier reconnut la voix de l'inspecteur Jean Louis Bourtin, un des hommes qui travaillaient avec lui sur l'affaire Hoffman.

— Allo, monsieur le commissaire. Bonjour. Ici Bourtin. Je suis désolé de vous sortir du lit. Il y a du nouveau.

— Comment cela du nouveau ? éructa Louvier.

— On a un second meurtre sur le dos ! Dans le Passage Richelieu.

— Dans le Passage ? Encore un meurtre !… Qui a été tué ?

— Un dénommé Menez. Fernando Menez. C'était le concierge du Passage.

— Bon Dieu ! Mais je le connais. On l'a interrogé l'autre jour dans l'affaire Hoffman. Bon. Qui se trouve déjà sur place ?

— Questan et moi. Delaroche nous rejoint dans cinq minutes. On attend aussi l'identification et le médecin légiste. Je suis venu vous téléphoner dans une cabine. Je retourne auprès de Questan. Vous serez ici dans combien de temps ?

— J'arrive le plus vite possible.

— A tout de suite !

Louvier se dressa hors du lit. Il se précipita dans la salle de bains et passa quelques secondes sous la douche juste histoire de se rafraichir. On était en plein hiver et pourtant il avait eu trop chaud cette nuit. Sans doute cette saloperie de chauffage collectif qui était mal réglé. Mais pourquoi diable avait-il fait *ce rêve étrange et pénétrant* ?!...

Il s'habilla en hâte, avala un verre de lait et descendit les étages. Tout en enfilant son manteau d'une main, de l'autre, il tenait un croissant, à moitié rassis, saisi au vol dans un placard de la cuisine.

— Vanderbert avait raison, se dit-il. La série débute. Deux morts dans le même Passage, en moins d'une semaine.

Le froid extérieur le surprit. Il faisait encore nuit. Les rues commençaient à peine à s'animer. Il entrevit quelques piétons qui allaient, comme des ombres, vers leur travail. Le métro était déjà bondé. Il resta debout jusqu'à la station Pyramides. Les visages des autres voyageurs semblaient taillés dans de la craie blanche.

Tous ces hommes et ces quelques femmes ne pouvaient pas imaginer ce qui se jouait au pied de leurs immeubles, au fond de leur cour, au coin de leur rue. Ils avaient dû dormir paisiblement. Ils s'étaient levés comme des automates et ils partaient gagner leur vie dans ce matin plein de brumes. Et lui, Louvier, allait dans une loge de gardien, dans un Passage parisien des quartiers bourgeois, pour y voir un mort. Et essayer de comprendre pourquoi cette violence répétitive. Pourquoi de tels déchaînements de haine…

Absorbé dans ses noires pensées, il faillit rater la station. En sortant de la rame, il bouscula légèrement quelques personnes et se rua à l'extérieur, juste au moment où les portes allaient se refermer.

Delaroche se tenait devant l'immeuble où habitait Fernando. A côté de lui Pierre Questan, un jeune inspecteur récemment entré dans l'équipe de Louvier. C'était un blondin au visage presque poupin. On devinait qu'il fréquentait les salles de musculation pour bien remplir ses vêtements.

Questan, Bourtin, Delaroche, c'était les trois agents que le commissaire avait choisis pour traquer le Tueur du Passage. Tout le ballet habituel était déjà en place. Michel Delaroche vint à la rencontre de Louvier.

— Bonjour commissaire, je vous ai vu arriver. Il y a trop de gens là-dedans.

— Comment ça trop de monde ?

— Vous connaissez ma vision des choses. On doit préserver une scène de crime. C'est tout le contraire ici. Au moins quinze personnes sont entrées et sorties, depuis une demi-heure.

— Et alors ?

— Et alors, ils polluent. J'ai eu toutes les peines du monde à faire relever les empreintes. Les types de l'identification sont arrivés assez vite, mais ... aux USA...

— Merde, Delaroche, vous n'allez pas recommencer avec vos histoires d'Amerloques ! On a tous entendu parler de votre stage là-bas. On sait qu'ils utilisent des méthodes différentes des nôtres. Je n'y peux rien. Moi, je travaille avec les moyens qu'on me donne. Je ne peux pas empêcher le médecin légiste ou le procureur d'entrer.

— Je comprends, mais on perd des indices et ça me rend dingue de penser à ce gâchis...

— Bon ! Passons aux choses sérieuses et revenons au réel. Présentez-moi un résumé.

— C'est la femme de Fernando qui a appelé la police. Elle a entendu du bruit vers 4 heures ce matin. Elle s'est levée et a découvert son mari raide mort. Tué de plusieurs coups de sabre.

— Vous avez l'arme du crime ?

— Ouais. Quant à Fernando, on l'a découvert découpé en trois fragments.

— En trois ?

— La tête, sectionnée net, d'un côté. Et le corps… de l'autre côté…

— Ça fait seulement deux morceaux, si je compte bien…

— Ben… Le troisième, il l'avait dans la bouche. On lui a coupé le manche et les valseuses avant de les lui mettre entre les dents.

— Bon Dieu ! C'est du grand guignol, rugit Louvier. Où est sa femme ? Elle doit être en état de choc. Vous pensez que je peux la voir ?

— Elle est là-haut. Elle n'a pas l'air trop affectée. On a fait venir une psy. On cherche aussi à joindre des gens de sa famille.

— Nous devons l'interroger. Je voudrais la voir. Mais commençons par visiter l'appartement. Euh… si je ne pollue pas trop.

Delaroche leva un bras pour signifier son indifférence à ce qui pouvait arriver maintenant. Le mal était fait. Les deux hommes entrèrent au rez-de-chaussée. C'était une ancienne boutique reconvertie en salle commune. La pièce paraissait sombre, dépourvue d'âme, meublée de manière assez disparate et sans cachet. . Au fond, un escalier grimpait vers le premier niveau. Sur le sol carrelé, des marques de craie indiquaient l'endroit où le cadavre de Fernando avait été découvert. De larges taches de sang en train de sécher inondaient les contours. La tête avait été retrouvée à un mètre du reste du corps.

— On l'a carrément décapité, lança Louvier. Où est l'arme du crime ?

— Un très beau sabre, dit un homme sortant du dessous de l'escalier.

Louvier reconnut André Saint Grenier, le procureur de la République. Âgé d'une cinquantaine d'années, les cheveux taillés en brosse, l'homme portait une courte moustache. Ses traits énergiques, ses yeux bleu-gris métallique lui donnaient une expression de sévérité implacable. Saint Grenier fumait une pipe à fourneau de bruyère comme s'il était tranquillement assis au coin de sa cheminée.

— Je crois que le Passage Richelieu devient un endroit dangereux, s'écria-t-il à l'adresse de Louvier.

Les deux hommes se serrèrent la main. Ils ne s'aimaient pas. Le procureur était de la trempe du directeur Vanderbert : une sorte de Saint-Just, un magistrat investi d'une mission. Un fonctionnaire zélé et sans état d'âme. Sa vie était consacrée à un seul but : confondre les coupables. Louvier était plus fataliste et cela passait, aux yeux de Saint Grenier, pour une forme de dilettantisme inacceptable.

— Posons-nous la question de savoir si un lien pourrait-être établi entre les deux affaires, monsieur le procureur.

— Qu'en pensez-vous, Louvier ?

— Le lien le plus évident est la proximité. Hoffman habitait l'immeuble en face. Difficile de croire que c'est un hasard. Cependant, les modes opératoires ne sont pas les mêmes. Pour Hoffman, on a utilisé un gourdin, peut-être une batte de base-ball, selon le dernier rapport du labo. Ici un sabre…

— On l'a retrouvé à côté du corps de Menez.

Louvier jeta un œil sur le sachet de plastique dans lequel l'arme du crime était déjà rangée.

— Mais c'est un sabre japonais ! Un sabre de samouraï.

— Très exactement un wakizashi, précisa Delaroche. Les samouraïs l'employaient pour les combats dans des lieux fermés. La lame apparaît assez courte, une soixantaine de centimètres. Donc l'arme se révèle plus maniable que les sabres de combats extérieurs.

— On passe de Chicago à Hiroshima ! dit Louvier avec un sourire que personne ne partagea. Il ajouta :

— Je voudrais voir la femme. C'est le premier témoin.

Le procureur fit un signe à Louvier en l'invitant à grimper les marches. Le commissaire monta au premier étage. Dans une des pièces, l'épouse de Fernando était assise sur un canapé de couleur indéfinissable.

A côté d'elle, une jeune fille d'une douzaine d'années, très blonde. Deux femmes, l'une médecin, l'autre psychologue, veillaient sur elles. Louvier connaissait ces deux auxiliaires qui collaboraient régulièrement avec la police.

— Bonjour, je souhaiterais m'entretenir avec madame Menez. Vous pensez que c'est possible ?

— Nous vous laissons quelques minutes, commissaire. Tereza est très courageuse. Mais il faut la ménager.

Les deux femmes prirent la jeune fille par la main.

— Venez, Maria. Nous allons à côté pendant que votre maman parle au commissaire.

Maria sortit de la pièce avec les deux femmes. Elle jeta un regard en arrière sur les deux policiers. Delaroche et Louvier fermèrent la porte et restèrent seuls avec la veuve de Fernando.

— Nous savons que vous traversez des moments difficiles, madame. Cependant, nous souhaitons vous poser quelques questions. Vous vous sentez capable de nous répondre ?

— Oui, dit simplement Tereza en hochant la tête.

— Vous avez découvert votre mari ce matin. Pourriez-vous me raconter comment les choses se sont produites ?

— Mais… Je l'ai déjà dit à votre collègue tout à l'heure.

— Je sais, madame. Mais je voudrais l'entendre de votre bouche. Chaque détail est important. Vous comprenez ?

— Comme je vous l'ai expliqué, je dormais. Il y a eu du bruit. Je me suis réveillée. D'abord, j'ai cru que ce bruit venait de l'extérieur. Puis, j'ai entendu comme un cri. Alors j'ai voulu réveiller Fernando. Mais il n'était pas dans le lit. Je m'en suis aperçue seulement à ce moment-là. J'ai eu peur. Très peur. Je me suis levée. J'ai remarqué de la lumière en bas, au rez-de-chaussée. J'ai appelé Fernando, mais personne ne m'a répondu. J'ai entendu la porte extérieure qui se fermait. Elle a claqué. J'ai à nouveau appelé Fernando… toujours rien. Je suis allée à la fenêtre. J'ai aperçu une silhouette qui marchait dans le Passage. Un homme, assez grand. Il est sorti vers la rue des Petits Champs. Il est parti sans se retourner. Je n'ai pas aperçu son visage. J'ai pris mon courage à deux mains et je suis descendue.

La veuve de Fernando se mit à pleurer.

— C'est dur. Je vous comprends, madame. Encore… juste un dernier effort et je ne vous importunerai plus. Vous êtes donc descendue et vous avez découvert votre mari, c'est cela ?

— Oui, il… Il était déjà mort. Il y avait du sang partout… Et ce couteau. Ce grand couteau à côté de lui.

— Vous voulez parler du sabre ?

— Oui, c'est ça, un sabre.

— Il appartenait à votre mari ?

— A mon mari ? Non, pas du tout. Il n'y a jamais eu d'armes ici.

— C'est une information importante, madame Menez. Cela signifie que le meurtrier a apporté l'arme ici et est reparti sans l'emporter. Votre mari vous a-t-il fait part d'un problème ou d'une menace, ces derniers temps ?

— Non, pas de menaces. Fernando n'avait pas d'ennemis. Tout le monde l'aimait bien. Il faisait consciencieusement son travail.

— Et vous, madame, avez-vous noté récemment un changement dans le comportement de votre mari ?

— Non, rien de tout cela. Fernando était estimé par les personnes du voisinage. C'était un bon compagnon. Personne n'avait de raisons de le tuer.

Sans enlever ses gants de cuir, Ducastain porta le verre de Perrier à ses lèvres. Le patron du Bar Saint-Martin avait oublié de mettre une tranche de citron. Mais il y prêta à peine attention. Ezechiel William était assis en face de lui à la terrasse de l'établissement et buvait tranquillement une bière allemande.

Il était midi. Les portes du Passage demeuraient ouvertes de huit heures à vingt heures. Ensuite, on pouvait sortir, mais on ne pouvait pas entrer sans clé, durant la nuit. C'est Fernando qui ouvrait et fermait les portes. Du moins, lorsqu'il était encore vivant...

Un courant d'air plutôt frais traversait la galerie. Heureusement, pour le confort des consommateurs, les tables extérieures étaient protégées par des panneaux de terrasse en acier inox et en verre.

— Vous savez, Ezechiel, quel que soit le jeu, je perds toujours.

— Que voulez-vous dire ?

— Lorsque je m'assieds à une table de poker, vous pouvez être certain que mes adversaires se réjouissent. Je n'ai en général pas beaucoup de jeu. Cela fait partie intégrante du poker. La patience est indispensable. Mais quand je touche enfin une bonne main, je me fais battre par une main challenger. Le bad-beat est toujours pour moi. En quelque sorte, je suis le banquier de ces parties… Il fut un temps où j'avais beaucoup d'amis ! Ils me suivaient à toutes les tables.

— Vous avez arrêté de jouer, j'espère…

— Oui, pour ainsi dire. Je vais de temps en temps vérifier que la scoumoune est encore bien présente. Sans grande illusion.

— Vous pratiquez d'autres jeux que le poker ?

— Naturellement. D'abord le jeu de la Vie. On n'a pas vraiment le choix. Nous devons tous y interpréter un rôle, mon cher Ezechiel. Dès notre naissance les anges ou les démons se penchent sur notre berceau. Nous recevons des cuillers en argent ou des sucettes aux herbes amères. C'est une sorte de terrible loterie. Je m'amuse tous les jours et même la nuit, à ce jeu de la Vie.

— Et là, vous gagnez ?

— Non, je perds aussi. Régulièrement, inexorablement. Une fatalité identique se retrouve dans chacun des domaines de mon existence. Je suis une espèce de loser optimiste. Vous comprenez, j'arrive à tourner en dérision mes propres mésaventures.

— Hum. Je vous voyais un peu différemment, Julien. Comment dire… vous avez la chance d'être un écrivain publié. Vous ne travaillez pas dans une usine fabriquant des produits toxiques. Vous ne prenez pas votre bicyclette et vos pinces à vélo pour aller de chez vous à votre poste, sur un chantier naval. Vos ongles paraissent propres…

— Je comprends très bien ce que vous voulez dire. N'essayez pas de me faire croire que j'ai de la chance. La dernière psy que j'ai été voir m'a sorti les mêmes balivernes. J'ai eu une enfance de merde, Ezechiel. Une adolescence pourrie par l'acné et le sentiment d'être très laid, voire difforme. Je pleurais de rage devant les miroirs. Lorsque je me suis rendu compte que je n'étais pas un monstre, j'ai eu le malheur de rencontrer la pire des femmes. Mon mariage a tourné à la catastrophe. Mon ex-épouse me harcèle encore, comme si j'étais son souffre-douleur attitré. Pour couronner le tout, ma propre fille ne m'adresse plus la parole. Elle me considère comme un mauvais père. Je pourrais continuer cette liste pendant de longues minutes. Mais je terminerai en vous disant que vous vous trompez lourdement, en pensant que le statut d'écrivain est valorisant. Je gagne à peine de quoi vivre. Je cours sans cesse chez mon éditeur, pour lui demander des avances sur mes droits d'auteur. C'est humiliant et angoissant à la fois. Mes livres se vendent mal.

— J'ai pourtant bien aimé votre bouquin, rétorqua Ezechiel en sortant l'ouvrage de sa poche. Oui, j'ai bien aimé. Vous dites que vos ouvrages se vendent mal. Mais c'est peut-être votre éditeur qui n'en organise pas une bonne promotion. Ou les lecteurs qui ne comprennent pas ce que vous voulez réellement leur dire.

— Vous avez aimé mon livre ? C'est vrai ?

Ducastain parlait comme un gamin qui demande à un copain s'il apprécie son nouveau tour de cartes.

— Il faudra alors que je vous donne mon premier roman. " Les pays d'ailleurs".

— Ça parle de quoi ?

— Oh ! Justement de ce que je viens de vous dire : la vie n'est que solitude. Aucun d'entre les hommes ne peut espérer en connaitre vraiment un autre. Nous sommes toujours seuls. Et plus solitaire encore que tous les autres, demeure l'artiste. Ce bouquin m'a coûté beaucoup d'effort. Comme un premier accouchement. A l'époque je croyais que pour devenir un écrivain célèbre, on devait parler avec son cœur.

— Ouais, j'ai bien aimé votre livre, répéta William comme pour s'en convaincre lui-même. Vous préparez autre chose actuellement ?

— Mon chef-d'œuvre ! Je l'espère. Il s'appellera *Le Monde Oméga*. Une humanité transfigurée dans un univers fait de violences codifiées. Des sévices que l'on inflige à autrui, mais aussi à soi-même. Des juges qui punissent des coupables consentants, en leur injectant des germes de maladies plus ou moins difficiles à guérir, selon la gravité de la faute commise. La peste pour les bourreaux d'enfants, la grippe pour un vol de voiture, une gastro-entérite pour des délits de grivèlerie. Un univers où l'on prie de vieilles idoles assemblées dans un volapuk mystérieux et tragique, répandu par les ultimes prophètes de l'Absolu. Le Monde Oméga est le terminus de l'Histoire, le dernier rivage des derniers hommes. Aucun ne peut survivre, aucun ne doit procréer. L'espèce est condamnée à s'éteindre et laisser la place nette pour un futur dont nous serons absents...

— Vous me plaisez Julien. J'ai... de la sympathie pour vous. Oui, j'ai du mal à formuler ces sentiments. Vous savez mieux exprimer les choses que moi. Je dois vous sembler maladroit.

— Pas du tout. Je maîtrise l'écriture. Mais je ne sais pas parler. Cela met une distance entre les gens et moi. Il m'est arrivé de rester muet, durant des soirées entières, des réunions amicales, des repas. Impossible de sortir un mot. C'est affreux... D'autant qu'en creusant un peu, j'ai souvent appris que l'on me prenait pour un snob ou un crétin. Personne n'a compris qu'une timidité maladive me paralyse dès que l'assemblée dépasse trois ou quatre personnes.

— Vous ne possédez pas d'amis...

— Non, aucun. Je suis un solitaire. Ce n'est pas un choix, mais une contrainte.

Ezechiel afficha une moue. Il plaça sa lèvre inférieure au-dessus de sa bouche et son regard partit vers l'infini. Julien lui ressemblait : un type un peu perdu. Il cherchait désespérément des repères. En fait, ils étaient comme deux fantômes, errants dans la nuit et qui venaient de se rencontrer au détour d'un couloir du château de la Vie.

— L'amitié, c'est quoi pour vous, Julien ?

— Avant tout, partager des... j'allais dire des secrets. Disons plutôt se faire des confidences. C'est cela. S'apprivoiser un peu comme le Petit Prince et le Renard. Entrer dans la vie de l'autre et le laisser entrer dans la sienne.

— Vous n'êtes pas homo ?! interrogea Ezechiel avec une violence soudaine.

— Non, pas du tout. Mais pourquoi me le demander avec autant d'agressivité ?

— Excusez-moi. Puisqu'on parle de confidences, j'ai été trahi autrefois. Un type que je considérais comme un ami... Il se montrait sympa, prévenant, agréable. Bref, je l'appréciais beaucoup. Un jour, il m'a avoué qu'il était bisexuel. Il m'a demandé si nous pouvions devenir des amants. Je lui ai dit que cela ne m'intéressait pas. Du jour au lendemain, il a disparu. Il m'a évité. Je l'ai très mal pris. Depuis cette époque, je hais les homos. Ça ne vous choque pas ?

— Ce qui me choque, c'est l'attitude de votre « ami ». Il vous a traité comme un objet sexuel. Je comprends votre réaction.

Ezechiel se mit à tapoter sur la table du bistrot. Il hocha la tête en cadence. Pour la première fois depuis bien longtemps, il éprouvait un sentiment autre que la haine. Cela lui faisait du bien. Son esprit et son corps pouvaient enfin se détendre un peu, se relaxer. Il se tourna vers Ducastain et lui sourit.

— On va se tutoyer, Julien.

— Ouais, ça me va. OK pour le tutoiement, Ezechiel.

— On peut tout se dire ?

— On peut tout se dire.

— Je voudrais avoir ton avis, au sujet du tueur du Passage.

— Ce n'est pas moi, lança Ducastain avec un rire presque niais.

— Non, je sais que ce n'est pas toi. Mais si on regarde l'affaire d'un peu plus près : Hoffman était un trafiquant véreux. Un sale type. Qui va le regretter ? Personne… en tout cas, pas nous ! Et ensuite, Fernando. Tu le connaissais ?

— Je le voyais de temps à autre. Pour les étrennes notamment ! Je le connaissais à peine. Je ne parviens pas à comprendre pourquoi quelqu'un l'a tué. Il ne faisait de mal à personne. C'était un gardien tout à fait…

— Si je t'annonce que c'était une saloperie de pédophile. Qu'est-ce que tu penserais de sa mort, maintenant ?

Ezechiel William s'était penché vers Ducastain et lui parlait à mi-voix. Julien sentait son haleine chargée d'alcool. Il voyait également son regard métallique, dur, presque impitoyable.

— Un pédophile ? Fernando ? Mais qui t'as dit…

— Je le sais, c'est tout. Je veux aussi connaitre ton opinion au sujet des pédophiles.

— Sans doute la même chose que toi. Ce sont des malades…

— Non ! Non ! Non !... Pas de ça avec moi. Ce sont des balivernes pour les avocats. Ça marche dans les palais de justice. Je connais la chanson. Ce sont des malades, ce n'est pas de leur faute, ça vient de l'enfance, etc. Ensuite, on les libère et ils recommencent. Pour moi ce ne sont pas des malades. Ce sont des déviants, des pervers. Des déchets ultimes de la société. Tu vois ?

— Oui. Calme-toi, on discute…

— Bien. Au fond de toi, tu es d'accord avec moi. Mais tu ne veux pas te l'avouer. Ce n'est pas politiquement correct. Ça ne cadre pas avec les foutaises qu'on t'a mises dans le cerveau depuis l'école. Alors, dis-moi sincèrement. Tu aurais fait quoi d'un pédophile qui aurait violé ta fille, à l'époque où elle te parlait encore ? Tu en aurais fait quoi ?

Julien soupira longuement. Il n'aimait pas le tour que prenait la conversation. Et pourtant, il ne se sentait pas en total désaccord avec Ezechiel. Mais cela contredisait effectivement toute sa morale et son sens de l'état de droit.

— En tant que père, j'aurais eu envie de le tuer. C'est humain. Mais en tant que citoyen…

— Je m'en fous du citoyen qui habite ton esprit. Ce qui m'intéresse, c'est l'homme Julien Ducastain. Le grand singe qui réagit instinctivement pour préserver sa famille, son clan, sa tribu, son espèce. Qu'est-ce que tu fais de Fernando, violeur de ta fille ?

— Je te l'ai dit, je l'aurais tué.

— Ha ! Tu progresses. Il y a deux secondes, tu avais simplement envie de le tuer. Maintenant tu passes enfin à l'acte. Et bien… imaginons que quelqu'un se substitue à toi pour liquider la bête. Tu vois le tableau ? On viole ta fille. Tu es effondré. Tu souhaites la mort du coupable. Tu n'as pas la force d'assouvir ta vengeance, de laver ton honneur et celui de ton enfant. Alors quelqu'un agit à ta place. Une sorte de justicier.

— Fernando, pédophile ?

— Ouais. Il violait sa fille adoptive.

— La gamine blonde qui vit chez lui !

— Exactement, la petite Maria.

— C'est dégueulasse.

— C'était dégueulasse. Le passage Richelieu est débarrassé de ce salaud, maintenant.

— Qui a pu le tuer ? Tu penses que c'est le même homme qui a abattu Hoffman ?... Mais si tu sais des trucs, tu devrais peut-être aller voir les flics. Ils n'ont pas parlé de pédophilie à propos de Fernando. Du moins dans la presse.

— Les flics ? Tu n'as rien compris. Tu veux que je recommence ma démonstration ? La justice aurait trouvé des circonstances atténuantes pour Fernando. Par contre, elle se montrerait impitoyable pour celui qui l'a tué. Alors, cesse de dire des conneries…

— Ouais, je me demande toujours qui a pu…

Julien laissa sa phrase en suspens. Il leva lentement les yeux vers Ezechiel. Ce dernier le regardait fixement avec un petit sourire aux lèvres. Les deux hommes restèrent quelques secondes ainsi.

— Tu veux me dire… Non ? Je vais lancer une bêtise. Tu ne veux pas me dire que…

— Oui, mon cher Julien. Les écrivains comprennent parfois difficilement, mais ils finissent toujours par appréhender les choses. Ils se repèrent généralement dans les méandres des scénarios les plus tortueux. Il existe une justice dans le Passage Richelieu. Les braves gens comme toi peuvent dormir tranquilles. Et pour ce qui te concerne, d'autant plus paisiblement que nous sommes amis. Tu es mon ami, Julien. Mon seul véritable ami. Et je crois être aussi ton ami. Ton seul ami.

— A la vie à la mort, murmura songeusement Julien en levant son verre.

— Oui, bravo, à la vie à la mort ! C'est la formule qui convient.

Ezechiel s'enfonça confortablement sur son siège. Il se laissa aller comme s'il s'installait définitivement à cette table, au cœur du Passage. Il se sentait de mieux en mieux. Il n'était plus seul. Deux personnes partageaient une partie de ses secrets. Maria et Julien lui inspiraient une confiance nouvelle.

Ezechiel qui avait toujours douté des autres, Ezechiel qui s'était constamment méfié de son entourage, venait enfin de rencontrer deux êtres semblables à lui. Il fit signe au garçon et commanda un triple scotch. Julien déclina son offre de boire la même chose :

— Merci, Ezechiel, mais je ne consomme jamais d'alcools forts.

— Ne t'excuse pas, Julien. Tu es libre. Nous demeurons tous libres. La vie est belle. Je sais me montrer patient. Un jour, tu changeras d'avis et tu boiras en ma compagnie. J'attendrai que tu en manifestes l'envie… Maintenant, parle-moi de ton ex-femme, veux-tu ?

Julien fit une grimace. On aurait dit qu'il venait de boire un verre d'eau salée. Il avait du mal à s'habituer aux brusques changements de conversation dont Ezechiel était coutumier.

— Mon ex-femme… Tu trouves que c'est intéressant ?

— Mais oui, naturellement. Je veux comprendre pourquoi nous nous retrouvons ainsi : deux hommes seuls.

— Ce n'est peut-être pas pour les mêmes raisons. Mais … Euf…Bon… Patricia. Mon ex-femme s'appelait Patricia.

Ezechiel sourit en hochant la tête. Il semblait approuver et encourager Julien dans sa confession.

— J'ai rencontré Patricia en 1968. Elle était anglaise. En visite à Paris. Elle séjournait dans la famille d'un ami. Dès que je l'ai vue, selon l'expression consacrée, je suis tombé sous son charme. A vrai dire, je suis devenu amoureux fou d'elle.

— Amoureux fou… dit rêveusement Ezechiel en buvant une interminable gorgée de whisky. Comment était-elle physiquement ?

— Brune, des cheveux longs, un fin visage ovale. Des yeux très noirs et grands ouverts. Un air à la fois étonné et mystérieux… Rien dans son apparence ne laissait deviner ses origines anglo-saxonnes. Par contre ses attitudes étaient empreintes de ce flegme et de ce détachement que l'on dit être l'apanage de l'aristocratie d'outre-Manche. Elle dessinait de lents gestes de la main pour redresser ses cheveux, paraissant ainsi les caresser, plus qu'elle ne les peignait.

— Elle était belle n'est-ce pas ? Je l'imagine très belle…

— Oui. Tu as raison. Patricia était indiscutablement superbe. La régularité de ses traits, un sourire plein de réserve, de malice, me faisait penser à l'image d'une belle Italienne de la Renaissance.

— Tu préfères les brunes, toi aussi… J'aime les femmes très brunes, très typées. Le genre femme fatale. Tu vois ce que je veux dire… Mais je te laisse continuer.

Ezechiel hochait fréquemment de la tête. Il avait même commandé un second verre de Whisky. Il regardait Ducastain avec des yeux emplis à la fois de satisfaction et de tristesse. On le devinait ému par les confidences de son nouvel ami.

Enfin, quelqu'un lui parlait… Julien s'exprimait maintenant avec plus de liberté. Comme s'il se sentait délivré d'un poids en révélant cet épisode de son passé.

— Lorsque notre couple a commencé à battre de l'aile, j'ai tout essayé pour le préserver. Notre vie était plutôt agréable, mes bouquins se vendaient. Puis le temps a accompli son œuvre de destruction.

Ezechiel claqua ses mains et montra Julien de son index.

— Nous y voilà, petit père. C'est la partie qui m'intéresse. Pourquoi vous êtes-vous quittés ?

— Je t'ai affirmé que j'étais toujours perdant, n'est-ce pas ?

— Oui ! Tu m'as dit cela tout à l'heure. C'est elle qui t'a plaqué ?

— Evidemment ! Elle est partie après des épisodes douloureux.

— Dont tu ne souhaites pas parler… OK, j'ai compris ! Et ta fille, pourquoi ne te parle-t-elle plus ? Au fait, comment s'appelle-t-elle ?

Julien baissa la tête et prit un air pincé. Ezechiel devina qu'il avait touché une corde sensible.

— Sonia. Elle se prénomme Sonia. Elle ne m'adresse plus la parole pour une raison très simple. Sa mère lui a patiemment, très patiemment, longuement, très longuement expliqué que j'étais un pauvre type. Elle l'a répété année après année, jusqu'à ce que le verbe devienne réalité. Maintenant, la légende s'est installée : Julien Ducastain est infréquentable. Tu vois le truc ?

— Parfaitement. Ah ! Mon cher Julien. Ne nous laissons pas abattre. Ce qui compte à l'heure actuelle, c'est de faire en sorte que le Passage soit purifié.

— Qu'est-ce que tu veux dire ?

— Le Passage Richelieu est débarrassé de deux salopards. Mais rien n'est joué. Il y a encore du boulot. Et m'est avis que la justice doit maintenant faire un tour du côté d'un certain usurpateur habitant le quartier.

— Un usurpateur ?…

— C'est cela… Je ne serais pas étonné qu'il faille intervenir. Mais je t'en dirais un peu plus demain ou après-demain. Le temps pour moi de vérifier certaines choses. Toujours pas de whisky, Julien ?

Ducastain fit non de la tête. Tandis qu'Ezechiel commandait et buvait son nouveau verre, Julien se plongea dans une profonde réflexion.

La réunion se déroulait dans le bureau de Vanderbert, quai des Orfèvres. Le directeur de la PJ avait tenu à rassembler le procureur André Saint Grenier et les deux principaux enquêteurs de ce qui s'appelait désormais « l'affaire du Passage Richelieu ».

— Eh oui, messieurs lança Vanderbert. Nous ne trouvons plus face à une série de crimes, mais à une « affaire ».

Il avait étalé devant lui la presse et pointait avec son index les titres : « Un tueur dans Paris », « Peur sur la Ville », « Le Passage de la Mort ».

Saint Grenier toussota avant d'annoncer :

— Inutile de vous dire que le dossier est déjà remonté jusqu'au ministre de l'Intérieur. Son chef de cabinet m'a appelé ce matin même. En haut lieu, on espère qu'il n'y aura pas un troisième meurtre dans les prochains jours. Je partage évidemment ce souhait… Où en sommes-nous sur le terrain ?

Louvier releva les paupières et ouvrit grands les yeux qu'il tenait mi-clos, comme un gros chat qui ferait semblant de somnoler.

— Pour l'instant, avouons que nous ne détenons pas grand-chose de concret ! En premier lieu, nous ne connaissons pas le mobile. Nous avons retrouvé l'arme du second crime, c'est tout. L'hypothèse que les deux assassinats ne soient pas liés reste toujours envisageable.

Vanderbert haussa les sourcils :

— Vous ne parlez pas sérieusement, Louvier ! Je veux bien croire que n'ayons pas de mobile apparent. Mais cela ne signifie pas que le meurtrier n'en possède pas. Simplement, ses motivations nous échappent pour le moment.

— Dans les deux cas, le mode opératoire est brutal, intervint Delaroche. Très brutal voire barbare pour Fernando. Rivalité amoureuse ? Penchant sexuel de la victime que réprouverait le tueur ? Ce sont des pistes à explorer.

Louvier regarda fixement Delaroche. Pour la première fois depuis qu'ils travaillaient ensemble, son collaborateur le contredisait en public. Il ne voulut pas relever et nagea dans le sens du courant.

— L'inspecteur Delaroche a raison. Nous ne connaissons pas de mobile précis. Toutefois s'il s'agit d'un psychopathe, on peut penser qu'il a des motifs personnels qui le poussent à cibler telle ou telle victime.

— Le rapport du labo a confirmé qu'Hoffman a été tué à coup de batte de base-ball, reprit Delaroche. Vous le savez peut-être, je suis un fan du cinéma américain. Le film « Les Incorruptibles » est sorti en France au mois d'octobre. Je ne sais pas si vous avez vu le film… Robert De Niro se venge d'un traître en lui fracassant le crâne à coup de batte de base-ball. Vous imaginez le lien : La Mafia, le crime organisé, Hoffman trafiquant de stupéfiants, l'instrument du crime… Le film a pu faire forte impression sur le cerveau dérangé du tueur…

Un silence s'établit. Vanderbert posa lentement son stylo et se gratta le front avant de déclarer :

— Mouais ! Pourquoi pas ! Mais un peu mince, non ? Admettons, Delaroche, que votre scénario soit valable pour le premier crime. Pour le second, c'est quoi : les 7 samouraïs ?

— Non, monsieur le directeur, je dirais que le deuxième assassinat est moins réfléchi. Dans le premier cas, la victime est ligotée, bâillonnée. Elle se trouvait à la merci du tueur. Ce dernier a eu le temps de lui parler, peut-être de lui expliquer les motifs de son geste. Les marques sur les poignets et les chevilles d'Hoffman montrent qu'il était conscient, qu'il s'est vigoureusement débattu. De plus, il a ouvert la porte au meurtrier. Il ne s'est pas méfié. Soit il connaissait l'agresseur, soit il ne le connaissait pas et lui a fait confiance en le laissant entrer. Ou encore il a été braqué… Bref, passons au cas Fernando. Là, tout s'est déroulé beaucoup plus rapidement. On sent une sorte d'improvisation. Il y a eu d'abord effraction. Fernando a été surpris puisqu'il est descendu en pyjama. Il ne comprenait pas clairement ce qui arrivait, sinon il aurait réveillé sa femme. Il est donc descendu au rez-de-chaussée pour vérifier et voir de quoi il retournait. Le coup de sabre a été porté avec une force d'une extrême violence. On ne décapite pas un homme du premier coup, si on ne connait pas le maniement de cette arme. Nous avons affaire à quelqu'un qui a pratiqué les arts martiaux. Un seul coup ! Puis la castration. Enfin, la fuite tranquille et sans précipitation. Tous ces indices ont un sens.

— Si on pouvait résumer votre vision de l'affaire, Delaroche, que diriez-vous ? demanda Vanderbert

— Le meurtrier est un homme assez grand. Le fait est corroboré par le témoignage de Tereza Menez. L'individu possède même une stature athlétique, il sait se servir d'une arme blanche avec dextérité. Il se révèle impitoyable et plutôt malin, car il ne laisse ni traces ni empreintes…

— Le sabre ? intervint Saint Grenier ? C'est bien un oubli, une erreur.

— Je ne pense pas, Monsieur le Procureur. Je dirais qu'il l'a volontairement abandonné sur place. Sans doute pour nous envoyer un signal ou nous lancer un défi. Quelque chose du style : vous n'avez rien, alors je vais vous aider un peu. Ensuite, montrez-moi vos talents d'enquêteurs. J'ajouterai que le tueur règle des comptes. Il doit exister au moins une typologie de ses victimes. Des personnes qu'il déteste. Enfin, on pourrait imaginer qu'il habite le Passage Richelieu ou le quartier. Et qu'il agit pour purifier son environnement.

Louvier, Saint Grenier et Vanderbert échangèrent des regards. Ils étaient trois hommes de l'ancienne école. Durant toute leur carrière, ils avaient élucidé des affaires en se posant quelques questions basiques : « A qui profite le crime ? », « Chercher la femme », « Quel est le mobile ? ». Cela fonctionnait neuf fois sur dix. Mais parfois, ils étaient demeurés impuissants, face à des cas comme celui sur lequel ils travaillaient. Et voilà qu'un jeune flic, qui pourrait être leur fils, leur ouvrait un nouvel angle d'approche.

— Vous avez appris tout cela aux Etats-Unis ? demanda Vanderbert avec un léger sourire.

— Si on veut… Oui… En fait, en l'absence de mobile apparent et en présence de crimes à répétition, les Américains parlent de serial killer. De tueur en série. Nous connaissons cela depuis longtemps en France. Mais des cas spectaculaires, comme ceux de Landru ou du Docteur Petiot, n'ont pas fait évoluer nos méthodes. Alors j'apporte ma modeste contribution au déroulement de l'enquête…

Saint Grenier se leva de son siège et se mit à faire les cent pas dans le bureau de Vanderbert, avant de dire :

— Vous avancez une hypothèse intéressante, Delaroche. Le tueur est probablement un habitant du quartier ou même du Passage. Nous pouvons, peut-être, diriger notre action en fonction de cette hypothèse. Combien de personnes résident dans le Passage Richelieu ?

— Très exactement, deux cent huit, jusqu'à la semaine dernière. Il en reste deux cent six… Quant aux rues voisines, dans un périmètre d'une centaine de mètres autour du Passage, cela représente un peu plus de six mille habitants. Un village dans le premier cas ou une petite ville, si on élargit nos recherches.

— Commencez par vous concentrer sur les résidents du Passage, suggéra Vanderbert. En deux jours, vous aurez fait le tour de la question. Etablissez une liste d'éventuels suspects ou de profils intéressants. Ensuite, contactez-moi. Si, comme je le pense, il vous reste au maximum une demi-douzaine de noms, vous me convoquez tout ce beau monde. Je fais confiance à votre flair pour démasquer notre homme. Si on n'obtient rien, il sera temps d'élargir le cercle… Au fait, l'autre jour vous avez évoqué vos indic. Quelque chose de ce côté-là ?

— Rien, Monsieur le Directeur. On sent beaucoup d'agitation dans tout le secteur. Notre présence, les rondes, les contrôles d'identité provoquent ces turbulences. On le sait, le monde interlope aime le calme apparent. Si la moindre info circulait, nous la connaitrions immédiatement.

Saint Grenier regarda sa montre.

— Messieurs, je vais devoir vous abandonner. On m'attend au Palais dans quelques minutes. Croyez-moi, je suis votre affaire avec la plus extrême attention. Heure par heure ! Si vous dénichez du nouveau ou si vous avez besoin de moi, vous savez où me trouver.

Le procureur se tourna vers Bertrand avant d'ajouter :

— Quant à vous, Louvier, en tant que commissaire en charge de diriger cette enquête, vous portez le dossier à bout de bras, si je puis dire. Montrez-vous efficace comme vous l'avez été sur d'autres cas, par le passé… Vous êtes bien secondé. L'inspecteur Delaroche a visiblement le goût des écheveaux complexes comme celui qui nous est proposé. Retrouvons-nous ici, quoiqu'il arrive, dès vendredi, même heure.

Saint Grenier rejeta sa longue écharpe blanche autour du cou. Il vissa un béret à l'anglaise sur son crâne et sortit de la pièce comme s'il quittait une scène de théâtre. Durant quelques secondes, Vanderbert regarda alternativement Louvier et Delaroche. Ses yeux dansaient par-dessus ses lunettes cerclées d'écaille. Il ne dit rien.

Puis il se leva et se dirigea vers la fenêtre. Devant lui, la Seine coulait, brune et indifférente aux soucis des hommes. Le vent charriait de minces flocons qui descendaient lentement, comme dans un rêve. Un Noël aux tisons s'annonçait. Sans se retourner, il s'adressa aux deux policiers :

— Je regarde la rue, messieurs. Sur les trottoirs, dans leur voiture, dans les bus, j'aperçois toutes sortes de gens. Des types qui travaillent, d'autres portent des paquets de cadeaux, ils préparent les fêtes de fin d'année. Je remarque aussi des mères de famille qui se promènent avec leurs gamins. Tous ces gens vaquent tranquillement à leurs occupations…

— Pourquoi dites-vous cela, Monsieur le Directeur ? demanda Louvier.

— Pour que vous ne flanchiez pas. Vous le savez depuis longtemps, vous ressemblez à des bergers allemands. Vous veillez sans cesse pour que les brebis puissent paître et dormir en paix. Mais le loup arrive parfois. Et là, vous vous retrouvez en première ligne. Je vous fais confiance depuis toujours. Vous figurez parmi les meilleurs flics de la place de Paris. Je compte sur vous pour me démasquer le tueur, avant la fin de cette année.

Vanderbert revint lentement s'asseoir avant de continuer :

— Au fait, le Procureur nous a donné rendez-vous vendredi. Il n'a pas dû voir que c'est le jour de Noël ! Je vais le lui signaler. Nous trouverons une autre date. Bonne soirée, messieurs.

Louvier et Delaroche quittèrent la pièce et descendirent les escaliers qui sentaient le vieux bois et l'encaustique bon marché.

Vanderbert se renversa sur son siège en cuir. Il contempla le plafond durant quelques instants. Sa métaphore sur les bergers allemands lui semblait pertinente. Les policiers étaient ses chiens de troupeau et lui le Berger. La comparaison était belle… Il alluma l'ultime cigarette de son paquet, tira une longue bouffée. Puis il sortit une clé de sa poche et ouvrit un tiroir de son bureau.

Il en extirpa une enveloppe. Cette dernière était adressée en recommandé à André Vanderbert et portait la mention « personnelle et confidentielle ». Le cachet de la poste indiquait la date du 17 septembre

1987. Vanderbert saisit le feuillet blanc qui était plié dans l'enveloppe et le relut sans doute pour la centième fois.

Vanderbert se renversa sur son siège, en faisant une grimace. On lisait sur son visage le sentiment d'incrédulité qui l'animait, face à cette menace mise à exécution. Il replia la lettre, la replaça dans son tiroir, avant de le fermer soigneusement. Il glissa la clé dans sa poche et se prit la tête entre les mains pour mieux réfléchir et se concentrer…

Bertrand Louvier détestait les fêtes de Noël. Sa femme Nicole invitait invariablement sa sœur Martine et son beau-frère tous les ans. Autrefois, il avait en plus droit à la belle-mère ainsi qu'aux enfants (mal élevés et insolents…) de Martine.

Cette année, plus de belle-mère, car elle était morte. Pas d'enfants non plus, car ils avaient grandi, mais la tradition familiale perdurait, tous les 24 décembre au soir. Il n'y échappait donc pas.

Le beau-frère, Edmond, était un homme bedonnant, plutôt inculte et très vaniteux. Il avait gagné quelque argent dans le négoce de produits alimentaires. Cette puissance financière lui donnait à penser qu'il était devenu socialement supérieur à Louvier.

Edmond s'adressait à lui avec une fausse amabilité pétrie d'arrogance et de suffisance. Bertrand était persuadé que son beau-frère trichait avec l'administration fiscale. Mais son sens de la famille lui interdisait d'aborder le sujet et à fortiori de diligenter une enquête en faisant jouer ses relations.

Paris s'était recouvert d'un épais manteau blanc. La Capitale était illuminée et on sentait depuis la tombée du jour que la magie de Noël allait opérer. Une sorte de gaité légère, de joie, volait dans les airs avec les flocons. L'appartement était toujours surchauffé. Une des fenêtres du salon demeurait entr'ouverte et l'on entendait monter la rumeur rassurante de la Ville.

Louvier avait laissé à Edmond le soin de découper la dinde traditionnelle. Bertrand affichait, depuis le début de la soirée, un sourire forcé qui lui éviterait peut-être les habituels reproches de Nicole :

— Tu as encore fait la tête hier soir ! C'est pareil tous les ans ! Tu pourrais faire un effort quand même…

Eh bien oui, il accomplissait un effort cette année. Il souriait béatement. De temps à autre, il lâchait quelques mots d'approbation ou des grognements accompagnés de hochements de tête entendus. Mais son esprit résidait ailleurs. En fait ses pensées l'emmenaient dans le Passage Richelieu. Tout en jouant l'auditeur intéressé, il se remémorait point par point tous les éléments de l'enquête. Il revoyait comme dans un film toutes les séquences-souvenirs des scènes de crime. Une sorte de pressentiment rodait dans un coin de son cerveau. Il se disait :

— On a affaire à un tueur déterminé. Vanderbert et Delaroche ont raison. Ce type ne va pas s'arrêter là… Les recherches de Delaroche et de son équipe ont permis d'identifier huit suspects potentiels. Mais, à cause des fêtes, les convocations envoyées hier les invitent à se présenter à partir de mardi prochain. Si le tueur figure dans la liste, il n'a peut-être pas reçu la lettre ce matin. Il ne l'aura que lundi. Il ne sait même pas qu'on le soupçonne. Il a les mains libres… Delaroche a employé le mot « liste » pour désigner les victimes connues et éventuellement à venir. Cette liste doit exister... Combien encore ? Un, deux, dix ? Qui peut le dire…

— Bertrand ! Bertrand ! Edmond te demande si tu préfères un morceau de blanc ou la cuisse ? A quoi rêves-tu ? lança Nicole

— Euh… Excusez-moi. Oui… Très bien, va pour la cuisse.

A cet instant le téléphone sonna. Louvier regarda machinalement sa montre : elle marquait 22 h 45. Nicole décrocha et sourit largement.

— Martine, c'est ton fils chéri, Jérôme qui t'appelle ! Il veut te parler et il nous souhaite à tous un joyeux Noël.

Edmond posa sa main sur le poignet de Louvier :

— Ça va, Bertrand ? Tu n'as pas l'air dans ton assiette. Je te sens soucieux… Détends-toi ! C'est la trêve des confiseurs.

— Ne t'inquiète pas, Edmond, tout va bien. Mais tu es sans doute au courant, en ce moment je travaille sur une enquête… délicate.

— Oui, j'ai appris cela. Mais, on ne va pas parler boulot ce soir, s'il te plait. Ce serait comme si je te racontais ce que je sais sur les coûts de production de la viande de volaille ou sur la marge des négociants. D'ailleurs à ce sujet, je peux quand même t'affirmer que…

Edmond se lança dans une tirade qui promettait d'être sans fin. Martine et Nicole revinrent s'asseoir à table. Bertrand continua à faire semblant de s'intéresser à la soirée et au monologue de son beau-frère. Il se disait que son supplice se terminerait d'ici deux ou trois heures. Quelques minutes plus tard, le téléphone sonna de nouveau. Nicole alla répondre en annonçant à sa sœur :

— Cette fois, ça doit être ta fille !

Elle décrocha. Louvier vit le visage de son épouse se rembrunir. Il comprit tout de suite ce qui allait se passer.

— C'est pour toi, Bertrand. Parait que c'est urgent !

Bertrand s'essuya méthodiquement les lèvres avec sa serviette, avant de se lever et de saisir le combiné.

— Allo ! Ici Louvier.

— Bonsoir Commissaire. C'est Bourtin. Je suis de service cette nuit. Désolé de vous déranger un soir de Noël, mais je crois que c'est important.

— Dites-moi…

— On a reçu plusieurs appels d'habitants du Passage Richelieu. Ils annonçaient qu'un type s'était jeté du deuxième étage au numéro 29. Une patrouille est allée sur place. Ils ont découvert que l'individu a sans doute été défenestré. Ils ont trouvé des éclats de verre et des morceaux du cadrage sur le sol.

— Il est mort ?

— Oui. Quand le SAMU est arrivé, le toubib a constaté le décès. Mais il aurait dit quelques mots à un témoin avant de passer l'arme à gauche.

— Vous avez pu monter à l'étage ?

— Non. L'immeuble est fermé. On attend le serrurier d'une minute à l'autre. Et…

— Et un commissaire ou le procureur. C'est donc moi que vous attendez. Où êtes-vous actuellement, Bourtin ?

— Dans le fourgon. Vous venez, Commissaire ?

— Bien sûr. J'arrive. Ah ! Appelez aussi Delaroche. Je veux qu'il nous rejoigne le plus vite possible. Et surtout… surtout, Bourtin, personne n'entre, tant que Delaroche et moi nous ne serons pas sur place. Compris ? Personne !

— Bien reçu, Commissaire. A tout à l'heure.

Louvier raccrocha en poussant un long soupir. Il se dit en lui-même que c'était peut-être un soulagement de fuir ce réveillon. Puis il resta comme pétrifié. Sans aucun doute, il venait d'apprendre que le tueur avait frappé pour la troisième fois en une semaine. Vanderbert avait vu juste. Il avait eu raison d'affirmer que l'exécution d'Hoffman ne constituait que la première d'une série. Comment le Directeur avait-il pu le deviner ? C'est comme si le meurtrier l'avait informé de ses projets…

— Et alors ? Que se passe-t-il ? demanda Nicole.

— Il se passe que… je vais devoir vous quitter. On a découvert un nouveau macchabée dans le Passage Richelieu. Vous mangerez la bûche sans moi…

Louvier sortit dans la nuit. Les trottoirs étaient couverts de neige et il manqua de se casser la figure. Il hésita un moment et songea à remonter changer de chaussures. Il releva son col et regarda s'il apercevait un taxi. Mais la rue demeurait déserte. Le métro se situait au carrefour à quelques dizaines de mètres…

Il s'engouffra dans la bouche tiède et dévala les escaliers jusqu'à la station. Il attendit plus de dix minutes avant que la rame ne surgisse. Dans le wagon, trois fêtards parlaient fort, en riant bêtement. Les quelques autres passagers semblaient des ombres muettes. Un SDF dormait sur une banquette, une bouteille de champagne au trois quarts vide, serrée entre ses bras. Louvier se dit que ce clochard était plus insouciant que lui, en ce soir sinistre…

Pyramides. Bertrand commençait à connaitre la station par cœur. Il marcha quelques mètres avant d'apercevoir les gyrophares, à l'entrée du Passage. Bourtin et Delaroche l'attendaient. Les deux hommes semblaient frigorifiés et battaient de la semelle en cadence.

— Je ne vais pas vous souhaiter un joyeux Noël, grinça Louvier. Vous penseriez que je me moque de vous !

— Vous êtes venu en métro, Commissaire ? demanda Bourtin. Je suis désolé, mais nous travaillons à effectif réduit ce soir et je n'ai pas pu envoyer une voiture vous chercher…

— Pas grave… Allons-y ! Vous avez l'ordonnance ?

Delaroche exhiba le document signé par Saint Grenier lui-même. Louvier imagina, avec une certaine satisfaction, le procureur dérangé en plein réveillon. Cela le réconforta légèrement.

Les trois hommes arrivèrent au pied de l'immeuble. Le numéro 29 était situé près de l'entrée sud du Passage. Un serrurier et quatre policiers en tenue les attendaient. Un peu à l'écart, un médecin du SAMU et un infirmier faisaient les cent pas.

— Commençons par le commencement… ou plutôt par la fin. Le type est tombé ici, c'est ça ?

Louvier désignait les traits de craie au sol. Bourtin avala sa salive avant de répondre d'une voix cassée.

— Oui, le corps gisait là, le dos contre terre. Le crâne était très endommagé. Mais j'ai aussi remarqué des traces de brulures sur différentes parties de l'individu.

— Comment avez-vous pu voir tout cela ?

— Hum, il était entièrement nu, monsieur le commissaire.

Delaroche et Louvier échangèrent un regard. Bourtin continua :

— A priori le type était décédé. En tout cas, le médecin en était presque certain, mais il a néanmoins fait transporter la victime à l'hôpital. Par contre, il n'a pas pu me dire s'il était mort avant d'arriver au sol, ou bien si c'est la chute qui lui a été fatale.

— Le légiste nous le dira. Mais pourquoi ont-ils emporté le corps aussi vite.

— Je vous l'ai dit, Delaroche, le toubib avait quelques doutes sur le décès. Il pensait qu'il demeurait une infime chance de pouvoir sauver ce type.

— On a des nouvelles de lui ? demanda Delaroche.

— Non, pas pour l'instant. Vous voulez que je contacte l'hôpital ?

— Oui, appelez-les immédiatement, je veux en avoir le cœur net. Ah ! Avant de partir, indiquez-moi où sont les témoins ?

— Il n'y a pas de témoins directs. Juste des voisins qui ont entendu le bruit de verre brisé et celui de la chute. Ils sont alors sortis pour voir ce qui se passait.

— OK ! Que fait-on, commissaire ? Nous les interrogeons maintenant ou nous commençons par la perquisition ?

— On va les voir avant et après, répondit simplement Louvier.

Les témoins étaient réunis chez un dénommé Viroulage. Trois hommes et deux femmes, ainsi qu'un adolescent d'une quinzaine d'années étaient assis dans une pièce mal éclairée.

— Bonsoir M'sieur-dames. Je me présente, je suis le Commissaire Louvier et voici l'Inspecteur Delaroche. Nous avons quelques questions à vous poser… La première est toute simple : connaissez-vous la victime ?

Six têtes firent signe que oui.

— Parfait ! Quel est son nom ?

— C'est monsieur Balducci, déclara un gros homme un peu rougeaud, en haussant les sourcils et en écarquillant les yeux.

— Présentez-vous, s'il vous plait, avant de parler, demanda Delaroche. Cela vaut pour chacun et chacune d'entre vous.

— Oui, excusez-moi. Je m'appelle Jacques Viroulage. Je réside ici, avec mon épouse et mon fils, que voici.

Il désigna une femme encore plus énorme que lui, assise à ses côtés et l'adolescent boutonneux qui se tenait presque allongé, sur une chaise en formica, au bout de la pièce. Louvier lui demanda de continuer.

— C'est monsieur Balducci. Il habite… euh… il habitait en face. J'ai entendu un bruit de verre brisé puis un choc sourd. Nous étions en train de diner avec mon épouse, mon fils et ma belle-sœur. Nous sommes sortis et… nous avons vu ce pauvre monsieur. Il était étalé dans une mare de sang. Il râlait comme quelqu'un qui va mourir. Il respirait avec difficulté.

— Il a parlé, il a dit quelque chose ?

— Ma femme est rentrée avec André, notre fils. Je lui ai dit d'appeler la police et les pompiers. Je suis resté près de monsieur Balducci. Je lui ai demandé s'il m'entendait. Il a émis quelques sons. C'était à peine audible. Il m'a semblé qu'il prononçait ces mots : « lequel » ou « laquelle » ou… quelque chose d'approchant. Je lui ai demandé de répéter. Alors il a murmuré : « pauvre fête ». Mais je n'en suis pas certain... Ensuite, il a perdu connaissance, jusqu'à l'arrivée des secours.

— Et vous ? Vu ou entendu quelque chose ? interrogea Louvier en se tournant vers les autres témoins.

— Nous sommes les Legendre, dit un des personnages, assis près de l'unique lampe à abat-jour éclairant la pièce. Nous sommes les voisins de Jacques… enfin de monsieur Viroulage. Nous habitons l'immeuble à côté. Nous avons aussi entendu du bruit, mais nous ne sommes pas sortis tout de suite. J'étais au téléphone avec ma mère, pour lui souhaiter un joyeux Noël… Quand je suis allé dehors, Jacques se trouvait déjà au chevet du blessé. Balducci avait perdu connaissance… Pauvre monsieur Balducci. Vous croyez qu'il s'est suicidé ?

Louvier leva son regard à travers la fenêtre de la pièce et désigna du doigt le deuxième étage de l'immeuble d'en face. On voyait le cadrage disloqué dont les montants pendaient vers l'extérieur.

— Vous savez, je n'ai pas pour habitude de commenter une enquête. Mais je peux vous dire qu'en général, quelqu'un qui décide de se suicider ouvre la fenêtre avant de sauter. Et d'ordinaire, il ne se met pas entièrement nu. A première vue, il s'agit donc d'un crime. Pour l'instant, je vous demande à tous de rester là. Nous allons effectuer les premières constatations en face et nous reviendrons vous voir, pour quelques autres questions, si nécessaire.

Louvier et Delaroche sortirent dans le Passage. Un courant d'air glacial soufflait et laissait entrer un vent chargé d'humidité. Bourtin réapparut à ce moment pour leur annoncer :

— Le dénommé Balducci Antonio est mort dans le véhicule qui le transportait à l'hôpital. A son arrivée au bloc des urgences, les médecins ont confirmé le décès.

— Ça en fait trois ! lâcha Louvier songeur. Où se trouve le serrurier ? Je pense qu'il est temps d'aller voir ce qui s'est passé avant le grand saut.

Le serrurier, un homme et une femme de la police scientifique se tenaient près de l'entrée de l'immeuble du numéro 29.

— Des empreintes ? demanda Delaroche.

La jeune femme répondit :

— Oui, nous avons au moins deux empreintes très nettes et une troisième, un peu moins nette et partielle.

Louvier répondit au serrurier par un simple signe. Pendant que ce dernier ouvrait la porte, il lui demanda :

— Je parie que vous étiez chez vous, en train de fêter Noël, bien peinard, lorsqu'on vous a appelé pour… ce merdier…

— C'est exact, Monsieur Le Commissaire. Les astreintes tombent toujours au mauvais moment.

— On est tous dans le même cas, je crois… Vous qui aimez le théâtre et le cinéma, Delaroche, vous n'allez pas me contredire si j'affirme que « Le père Noël est *vraiment* une ordure ! ».

Julien Ducastain était assis sur son canapé. Il regardait distraitement la télé. On y parlait de Noël, de familles, de cadeaux, d'enfants et de bons sentiments. Lui ne voyait, n'entendait et ne ressentait que tristesse et solitude.

Chaque année, le 24 décembre représentait une épreuve pour lui. Un mauvais moment qu'il avait peu à peu appris à gérer. Grâce à un travail mental, il avait réussi à se persuader que la meilleure façon de ne pas trop souffrir de son isolement, en cette date symbolique, était de considérer qu'il s'agissait d'un soir comme les autres.

Julien avait néanmoins acheté un plateau d'huitres et du foie gras. Il avait ouvert une bouteille de champagne. Ceci semblait contredire l'idée d'un soir « comme les autres ». Quelques années plus tôt, il avait essayé de se contenter d'un diner banal. Enfin de compte, il s'était senti encore plus marginalisé.

Il allait s'asseoir et entamer son repas, lorsqu'au loin, il entendit un bruit de verre brisé. Il n'y prêta guère attention. Il pensa que quelqu'un dans le Passage jetait à la poubelle les premières bouteilles du réveillon. Ducastain s'installa et commença à gober lentement une douzaine d'huitres du Belon. Tout en mangeant, il zappait entre les différentes chaînes, sans se décider pour telle ou telle émission. Les programmes semblaient vraiment insipides et convenus.

Il songea à son ex-épouse Patricia et à leur fille, Sonia. Ils n'avaient connu en tout et pour tout que deux Noëls passés ensemble. C'était peu. A l'âge de quinze ans, Sonia avait refusé de venir voir son père. Julien se souvenait de ce premier Noël perdu et il avait mal…

Une demi-heure s'écoula. Il se leva pour aller chercher la suite du repas. Venus du dehors, il entendit des éclats de voix. La salle de séjour de Ducastain s'ouvrait sur le Passage Richelieu par une large baie vitrée en arceau. Comme il se dirigeait vers la fenêtre, quelqu'un sonna à sa porte. Julien sursauta, car il s'agissait du carillon de la porte de l'étage et non de celle de l'accès à l'immeuble. Quelqu'un s'était introduit dans l'escalier. Il jeta un coup d'œil par le judas avant d'ouvrir. Ezechiel était là !

— Quelle surprise !

— Bonsoir Julien ! Je peux entrer ? Il faut que je te parle quelques minutes.

— Oui, vas-y, entre… Je suis… étonné, agréablement étonné.

Ezechiel pénétra dans le salon et s'installa lourdement dans un fauteuil avant de lancer :

— Je te dérange ? Tu es en train de manger à ce que je vois…

— Non, non, tu ne me déranges pas du tout. Mais… comment as-tu fait pour monter ? La porte était pourtant fermée en bas.

— Je ne suis pas monté, mon cher Julien. Je suis descendu…

— Descendu ?

— Oui, je suis venu par les toits.

— Par les toits ? C'est une plaisanterie !

— Non, Julien. Je connais parfaitement le Passage Richelieu. Tous ses mystères, tous ses recoins… C'est un jeu d'enfant pour moi de venir du numéro 29 jusqu'à chez toi.

— Du numéro 29 ? Mais tu n'habites pas au numéro 29, Ezechiel…

— C'est exact. Je suis en fait passé par les toits, de chez moi jusqu'au 29 puis du numéro 29 jusqu'ici, au numéro 57...

— Tu es entré dans l'escalier par le toit ?

— Oui, il suffit de soulever le vasistas. Il n'est pas verrouillé, il tient par son propre poids.

—Mais pourquoi ne pas venir par le chemin… classique ?

Ezechiel se leva. Il était vêtu d'un épais blouson de cuir à col de fourrure et d'un bonnet de laine. Il les enleva et les posa délicatement sur le rebord du fauteuil. Puis il se posta devant la fenêtre et l'ouvrit avant de s'avancer sur le balcon.

— Viens voir, Julien. Je vais te montrer quelque chose.

Julien le rejoignit sur l'étroite plate-forme.

— Regarde là-bas…

Julien se pencha et observa dans la direction que lui indiquait Ezechiel. A moins de cent mètres d'eux, le Passage était plein de gens qui allaient et venaient. Plus loin, derrière les grilles, on apercevait la lueur des gyrophares.

— Mais c'est devant le numéro…

— Devant le numéro 29 que tu vois toute cette agitation, mon cher Julien.

— Que se passe-t-il ?

— Quelqu'un est tombé par la fenêtre.

— Ah ! Oui ! J'ai entendu du bruit tout à l'heure. C'était donc cela. Mais qui est tombé ?

— L'ancien préfet Fourvier.

— Fourvier ? Je ne le connais pas. D'ailleurs, ce n'est pas lui qui habite au 29. C'est un Italien ou plutôt un Argentin, me semble-t-il. Fourvier était en visite chez lui ?

— Tu veux parler de Balducci ?

— Voilà, c'est cela. Balducci. Le propriétaire du 29 s'appelle Balducci. Pas Fourvier en tout cas.

— Viens, rentrons, il fait froid.

Les deux hommes revinrent dans le salon. Ezechiel reprit sa place dans le fauteuil et dit à Julien :

— Je vois qu'il reste du champagne dans ta bouteille. Elle est presque pleine ! Sers-moi en une coupe, s'il te plait… Je vais te raconter une histoire qui va t'étonner.

— Oh ! Tu sais, depuis que nous nous sommes rencontrés, il n'y a plus grand-chose qui m'étonne, répondit Julien en lui passant la coupe de champagne. Ezechiel la leva à bout de bras, fit mine de trinquer et but une longue gorgée avant de dire :

— Tu connais la brasserie Dumont, Boulevard des Capucines ?

— Oui. Pourquoi…?

— J'y ai mes habitudes. Quand je ne vais pas au Saint-Martin, je m'installe chez Dumont. J'aime parler avec l'un des serveurs. C'est un vrai garçon de café, au sens noble du terme. Pour lui, je suis « Monsieur Ezechiel » et je l'appelle simplement par son prénom : « Pierre ». Figure-toi que l'autre jour, j'étais assis à ma table favorite. C'est une table un peu isolée. Cela nous permet, Pierre et moi de discuter tous les deux discrètement. Cependant, la table est bien placée, car je peux voir la terrasse et le Boulevard. Quand je te dis l'autre jour, c'était en fait il y a trois mois de cela. Mais je parle, je parle… Tu étais en train de diner ?

— Oui, mais bon… Ce n'est pas grave. Je finissais quelques huitres. J'ai également du foie gras. Veux-tu le partager avec moi ?

— Avec plaisir, Julien, avec plaisir. Je me ressers un peu de champagne ! Ce serait idiot de le laisser s'éventer.

Julien se leva et alla chercher quelques toasts. Une ride soucieuse barrait son front. Il savait maintenant qu'Ezechiel était un assassin. Il constatait aussi que William était parfois imprévisible. En fait, il n'avait pas vraiment peur pour lui-même. Ce qui inquiétait plutôt Ducastain était de se retrouver de plus en plus associé, pour ne pas dire lié, à tous les crimes d'Ezechiel. Le jour où le coupable serait démasqué, il risquait d'être accusé de non-dénonciation de meurtres ou pire de complicité.

— Hum, ce foie gras est superbe, lança Ezechiel d'une voix joyeuse. Personnellement, j'aurais acheté un Sauternes pour l'accompagner. Mais après tout, je me suis invité chez toi par surprise ! Et le champagne fait très bien l'affaire.

Julien Ducastain était revenu s'asseoir.

— Tu me parlais de ton ami, Pierre, le garçon de la Brasserie Dumont.

— Oui, c'est vrai. Enfin, ce n'est pas vraiment mon ami. Je n'ai qu'un seul ami. C'est toi ! lança William en donnant une tape cordiale sur l'épaule de Ducastain. Puis il reprit :

— Comme je te le disais, nous étions au mois de septembre. Je finissais de boire un verre. Pierre était venu encaisser mon paiement. Il tenait son plateau dans une main et de l'autre cherchait la monnaie dans la poche de son gilet noir. « Drôle de monde, me dit-il. Ça me fait regretter mes années dans la Coloniale. L'Afrique Equatoriale, Abidjan… A l'époque, le monde était une affaire d'hommes. Maintenant tout est parti en vrille ». Pierre a alors désigné la caissière : une sexagénaire aux cheveux blancs, presque bleus à cause des teintures. La vieille trônait sur son piédestal et régnait sans ménagement sur les serveurs. « Regardez-moi ça, monsieur William. Cette taupe délabrée, elle ne paye pas de mine, aujourd'hui. On lui donnerait presque le Bon Dieu sans confession. Mais pendant l'Occupation, madame se tapait du fridolin ! Elle fricotait avec les boches ! C'est une souris grise. Je l'ai vue tondue, sur les marches de la mairie du 2ᵉ arrondissement. En 44, juste après la Libération de Paris. Elle faisait moins la grande Lady !

— Madame Raymonde, une souris grise ? ai-je demandé à Pierre.

— Parfaitement, monsieur William ! Au cul la balayette, avec tout ce qui portait un uniforme vert de gris. C'était comme je vous le dis !… Remarquez, celui-là, ce n'est pas mieux.

— Vous parlez de qui, Pierre ?

— Mais de « Monsieur le Baron ». Le demi-sel qui sort, juste là…

— Je le connais ! lui ai-je dit. Oui, c'est un voisin. Il habite dans le Passage Richelieu. Il me semble qu'il s'appelle Balducci, c'est ça ?

— Il se fait appeler Balducci ! Et moi, je suis le général Kœnig ! m'a répliqué Pierre avec un rire grinçant.

Non, Balducci est un faux-nom. Je vous garantis qu'il s'agit de Fourvier. Il était directeur de service dans la police entre 1941 et 1944. C'était un salopard de collabo. Sa spécialité, c'était les juifs. Il les envoyait à Drancy par paquet de vingt. Des familles entières, hommes, femmes, enfants, vieillards. Il « nettoyait le quartier de toute cette juiverie ». Ce sont ses propres termes. Au printemps 1944, il a été plus malin que les autres. Il a senti le vent tourner. Il s'est fait muter en Argentine dans un consulat quelconque, sans doute à Mendoza. Il a échappé aux représailles. Il a pu se créer une nouvelle identité et disparaitre en attendant que les choses se calment. Je l'ai vu revenir en… Ben ! Tenez ! Juste après la mort de De Gaulle. Il est réapparu comme si de rien n'était. Sauf qu'il s'était laissé pousser les moustaches, comme un danseur de tango. Et qu'il se faisait appeler « Monsieur Balducci, baron argentin ». Ah ! Elle est belle la France.

J'ai déclaré à Pierre que j'étais d'accord avec lui. C'est un véritable scandale que ce genre de type circule librement. Je me suis un peu… je ne dirais pas énervé, mais… animé. Il n'y a pas prescription pour les crimes contre l'humanité, lui ai-je dit !

Pierre m'a fait un petit signe de la main pour me calmer. Puis il a fait demi-tour et est reparti voir madame Raymonde, pour lancer ses autres commandes. J'ai pris ma monnaie, je suis sorti et j'ai suivi monsieur le baron. Il est allé jusqu'à chez lui, dans le Passage. Il marchait tranquillement, la tête haute, détendu. Ce type avait dénoncé, traqué, arrêté des centaines de personnes. Il les avait envoyées vers les chambres à gaz, les camps d'extermination. Maintenant, il allait boire une petite bière, comme un bon vieux père de famille. Puis il rentrait chez lui, paisiblement. Dans le Passage, dans mon Passage, dans notre Passage ! Il y avait là une anomalie. Tu ne trouves pas, Julien ?

Ducastain se gratta les cheveux. Il devinait la suite. Il pressentait ce que William allait lui raconter : les évènements survenus ce soir de Noël, au numéro 29…

— Oui. Si ce que Pierre t'a appris est vrai, on peut penser que Balducci… ou plutôt Fourvier aurait dû être jugé après la guerre.

— Exactement, c'est ce que je me suis dit. Il faut que je t'avoue une chose, Julien. J'ai œuvré au sein des Renseignements Généraux dans les années 70.

— Les R.G. ? Toi ! Ah bon ! Mais…

— Pourquoi les R.G. ? Je voulais apporter ma contribution à… comment dire… A l'ordre républicain. Ma mission était simple : écouter, prendre la température dans mon quartier, auprès des gens que je fréquentais, dans les bars, les réunions, chez les commerçants. J'avais un correspondant que je rencontrais toutes les deux ou trois semaines. Je lui donnais en vrac tout ce que j'avais. Quant à lui, il me confiait parfois une ou deux pistes particulières à suivre.

— Tu avais une autre profession, Ezechiel ?

— Non, je n'ai jamais travaillé. Mon père m'a légué des immeubles, des appartements à Paris et en Bretagne. Je vis de mes rentes, Julien. Les R.G. ne me rapportaient pas grand-chose. Juste un peu d'argent de poche. Mais ce n'était pas le but. J'ai fait arrêter quelques petits malfrats. Un jour, je me suis attaqué à un plus gros poisson. Un trop gros poisson… Un homme politique bien connu qui habitait dans le 2ᵉ arrondissement. Pas très loin d'ici. Les choses n'ont pas trainé. On m'a fait comprendre que si je ne stoppais pas mes investigations, je serais viré. Alors j'ai démissionné et je les ai laissés être complices de la corruption qui régnait dans le quartier.

— Tu avais enquêté sur Fourvier-Balducci à l'époque ?

Ezechiel posa la coupe de champagne qu'il venait de vider. Il se racla la gorge avant de répondre sur un ton cynique :

— Il était là ! Au numéro 29, depuis 1971. Et moi, Ezechiel William, pauvre imbécile, vivant au numéro 21, je n'avais pas vu le subterfuge ! Je n'avais même pas flairé la supercherie. Il fallait que ce soit un garçon de café qui me livre l'info, quinze ans après le retour de Fourvier.

— Ce n'est pas grave, Ezechiel. Tu ne pouvais pas deviner que Fourvier se cachait derrière Balducci. D'ailleurs, il ne faisait plus de mal à personne. Et tu n'étais pas chargé d'enquêter sur lui, n'est-ce pas ? Les R.G. ne t'en avaient jamais rien dit ?

— Bon Dieu, Julien ! J'apprécie ta mansuétude à mon égard. Mais j'espère que ce n'est pas de la lâcheté !... Est-ce qu'il te reste du champagne ?

— La bouteille est vide, dit Julien sur un ton contrit. Si j'avais su que tu passerais ce soir, j'en aurais placé une autre au frais. Celles qui me restent ne sont pas à la bonne température.

— Pas grave… Mets-en une dans le seau et rajoute quelques glaçons. Dans moins d'un quart d'heure, elle sera frappée. Je saurai me montrer patient !

Ducastain se leva et alla chercher une bouteille pour son invité-surprise. Ezechiel demeura tranquillement assis. Lorsque Julien revint dans le salon, William lui sourit légèrement :

— Où en étais-je ? Ah oui… Je vais la faire courte. Depuis trois mois, j'ai enquêté sur Fourvier. Malgré mon départ involontaire, j'ai gardé un ou deux contacts au sein des R.G. J'ai pu vérifier. Tout ce que m'a dit Pierre est exact à cent pour cent. Balducci s'appelait bien Fourvier. Il a bien participé à la déportation des juifs du 2ᵉ arrondissement sous le gouvernement de Vichy. Il s'est effectivement réfugié en Argentine, à Mendoza. Personne n'a eu l'idée d'aller le chercher là-bas. Il s'est construit une nouvelle identité : celle du señor Balducci.

Ducastain regardait William sans rien dire. Son visage, d'habitude si expressif, paraissait étrangement figé. Julien se sentait un peu las. Depuis une semaine, Ezechiel lui racontait en détail chacun de ses crimes. Au début l'écrivain avait pris le pas sur le citoyen, sur l'homme. Il avait écouté ces récits et leurs justifications, comme on lit un story-board de polar. Mais ce soir, il pressentait qu'un troisième meurtre venait probablement d'être commis. Le réel lui revenait en plein visage, comme s'il sortait d'un rêve.

— Tu ne me demandes pas ce qui s'est passé ensuite, lança Ezechiel, sur un ton dans lequel on percevait de la déception

— Oh ! Je devine… Tu as éliminé le señor Balducci. Il vient grossir la liste sur laquelle figurent déjà Hoffman et Menez. C'est bien cela, n'est-ce pas ?

— Oui ! Il y a deux heures de cela, je suis sorti de chez moi par le toit. Aller du numéro 21 au numéro 29 a été un jeu d'enfant. La seule chose importante était de ne pas faire de bruit. Surtout ne pas attirer l'attention des habitants du Passage. Je me suis glissé chez Fourvier. Je l'ai trouvé au deuxième étage. Un peu comme toi, tranquillement installé devant sa télé. Je l'ai observé durant quelques minutes. Le monstre avait l'aspect d'un type normal. Il n'a pas réagi lorsque je suis entré dans la pièce. Je lui ai passé une cordelette autour du cou. Je l'ai attaché au pied de son canapé. Quand il a commencé à se débattre, il était trop tard : Plus il tirait et plus le nœud se serrait. Je l'ai bâillonné…

— Et que lui as-tu fait ? demanda Julien d'une voix angoissée.

— Ce qu'on m'a appris à faire dans l'armée française en Algérie. Je n'avais même pas vingt ans. Une sale guerre. On m'a enseigné… à faire parler… Bref je l'ai travaillé à l'électricité.

— A l'électricité ?

— Oui. Tu sais, pas besoin de gégène. Une simple batterie de douze volts, des cosses et un peu d'eau suffisent.

— Pourquoi le torturer ? Il ne pouvait pas te répondre puisque tu l'avais bâillonné !

— Les pauvres gens qu'il a fait déporter ne pouvaient pas parler non plus, puisque personne ne les écoutait, à Auschwitz ou ailleurs. Et pourtant, on les a fait souffrir. Donc j'ai appliqué la loi du talion à ce salopard de Fourvier. Il ne pouvait pas s'exprimer, mais je lui ai expliqué comment communiquer : cligner d'un œil signifiait oui, fermer les deux yeux signifiait non. Et je l'ai interrogé sur les sujets qui hantaient mon esprit depuis des semaines. Je te garantis qu'il a répondu à toutes mes demandes.

— Que t'a-t-il raconté ?

— Oh… je lui ai posé une bonne cinquantaine de questions. Mais si on veut faire une synthèse, je dirais que je lui ai demandé : pourquoi avoir fait déporter des juifs ? Avait-il des remords ? Et puis je suis entré dans les détails : combien de personnes ? Combien d'enfants ? Pourquoi avoir fui au lieu d'affronter le tribunal de son pays ? Ses réponses ne m'ont pas donné envie de lui trouver des circonstances atténuantes. Pour terminer, je lui ai appris que je me prénommais Ezechiel, comme le prophète de la Bible et que j'étais là pour rendre justice aux innocents qu'il avait livrés à la barbarie nazie. A cet instant, il était déjà sérieusement amoché. J'ai décidé d'en finir. Je l'ai jeté… sans ouvrir la fenêtre. Disons que je l'ai jeté *à travers la fenêtre.*

— Tu es certain qu'il est décédé ?

— On n'est jamais sûr de rien… En tout cas six mètres de chute, ça pardonne rarement.

— Imagine un instant qu'il ne soit pas mort ! Il va parler. Tu vas être arrêté !

Ezechiel plissa ses yeux comme s'il se concentrait intensément.

— Je suis persuadé qu'il est mort. De toute façon nos destins sont liés, mon cher Julien. Depuis une semaine, tu connais avec précision les évènements qui se déroulent dans le Passage. Tu sais qui est le tueur. Mieux que cela tu le côtoies… et tu n'es pas allé voir la police ? Il faudra que tu expliques cela aux poulets, puis au juge et aux jurés. Les cours d'assises ne rigolent pas avec les complices.

— Tu me parles comme si je t'avais dénoncé !

Le regard d'Ezechiel se fit dur, terrifiant. Il planta ses yeux verts dans ceux de Julien :

— Non, c'est vrai. Mais je te sens… comment dirais-je… indécis. Or il faut choisir ton camp, Julien. Celui des bons ou celui des méchants. Je t'affirme que le camp de gentils, c'est le mien ! Il faut être avec moi. Si tu veux être contre moi, alors… c'est autre chose.

Ezechiel se détendit soudain et attrapa le dernier toast, la dernière portion de foie gras et engloutit le tout en deux bouchées, avant de reprendre d'un ton enjoué :

— Mais c'est Noël aujourd'hui. Nous n'allons pas gâcher la fête ! Ecoute ce que je te propose : Soyons nos alibis respectifs. Je suis certain que la police va nous interroger.

— Nous interroger ? Comment le sais-tu ?

— Trois meurtres en une semaine vont remuer la P.J. Le ministère doit être déjà affolé. Il va mettre la pression sur la maison poulaga. Il faudra de l'action, tu comprends ? Des gardes à vue, des interrogatoires, peut-être un ou plusieurs suspects à jeter en pâture aux journaux et à la télé. Juste de quoi rassurer et faire patienter le bourgeois. Nous pourrions être questionnés, pour la simple raison que les meurtres ont tous eu lieu dans le Passage et que nous en sommes des habitants… Il ne faudra pas craquer, Julien ! Sous aucun prétexte. Ils vont te tendre des pièges. Te laisser mariner dans un couloir, pendant une heure ou te faire asseoir dans un bureau, sans te poser de questions précises. Ils te diront juste « Alors ? », comme une invitation à soulager ta conscience. Ce sont des tordus… Sinon, ils ne seraient pas flics.

— OK, imaginons qu'ils me convoquent. Qu'ils m'interrogent. Que dois-je leur dire ?

Ezechiel écarta ses mains et ouvrit grand ses bras :

— Mais c'est très simple, Julien ! Nous devons être cohérents. Par exemple : te souviens-tu de ce que tu faisais le soir où Hoffman a été tué ?

— Euh... Non… C'était quel jour ?

— Bravo ! Tu as tout compris. C'est exactement ce qu'il faudra leur dire. Tu ne sais même plus à quelle date a eu lieu le crime. Pour une simple et excellente raison, c'est que tu n'y es pour rien !

— Pour Fernando Menez, je me rappelle que c'était jeudi dernier. J'étais ici toute la soirée et toute la nuit. J'ai écrit jusqu'à une heure du matin environ. Je n'ai rien vu, rien entendu.

— C'est parfait, Julien. Tu finiras bien par retrouver le souvenir de ce que tu faisais au moment où j'ai buté Hoffman. Il reste ce soir… Ne t'inquiète pas, j'ai la réponse. Nous avons passé le réveillon ensemble ! Nous avons diné assez légèrement. Nous avons, par contre, bu un peu plus que d'habitude, pour oublier nos vies d'hommes solitaires.

— OK ! Ce n'est pas très difficile, dit Julien pour paraitre soulagé et ne pas éveiller de soupçons chez Ezechiel.

— Le flic te demandera alors depuis quand nous connaissons. Tu lui diras la vérité : nous nous sommes rencontrés au Café Saint-Martin. Nous avons sympathisé et tu m'as proposé de venir chez toi, pour la soirée de Noël. Nous avons dîné ensemble puis fini le réveillon devant la télé… C'est d'ailleurs ce que nous allons faire. Comme cela, je pourrais répondre à leurs éventuelles questions sur l'émission regardée.

— Tu penses que ce sera aussi simple ?

— Je te le répète, tu n'as qu'une chose à dire : la vérité. Tu dois juste pécher par omission. S'ils t'interrogent sur moi, réponds-leur que je suis un homme calme, très solitaire, un brin taciturne. Tu peux également leur dire que tu es persuadé que je n'ai rien à voir avec les meurtres. La preuve : j'étais chez toi le soir de Noël ! Je n'ai donc pas pu tuer Balducci… Maintenant, allume la télé, Julien. Il doit y avoir Drucker sur une chaîne. Ce mec me sort par les yeux, mais je vais faire un effort, pour la solidité de notre alibi commun. J'ai déjà regardé le début de l'émission, pendant que je m'occupais de Balducci… Tu vois, je pense à tout… Et maintenant, débouche-moi, s'il te plait, cette bouteille. Elle doit être frappée !

Tandis que Julien s'exécutait, Ezechiel aperçut un bouquin posé près de la table du salon.

— Qu'est-ce que tu lis en ce moment, Julien ?

— Oh ! Tu sais, je lis toujours deux ou trois ouvrages de front. Là, je relis l'*Idiot* de Dostoïevski.

— Je le connais, dit Ezechiel… Je le connais de nom, en fait. Je ne l'ai pas lu. Tu aimes ce roman ?

— Je relis un chapitre sur la peine de mort. Tu devines pourquoi…

— Ha ! C'est effectivement d'actualité, ricana Ezechiel.

— Jusqu'à l'arrivée de Mitterrand, on coupait la tête aux condamnés, en France. C'était l'affaire d'une seconde. Le prisonnier était allongé et la guillotine s'abattait sur lui. Autrefois, l'exécution était même publique ! Le plus pénible, c'était les préparatifs. Après la lecture de la sentence de mort, on faisait la toilette du détenu et on le ligotait avant de le faire monter sur l'échafaud. Un moment affreux. La foule s'agglutinait autour du lieu d'exécution. Même des femmes assistaient au spectacle, ce qui était pourtant très mal vu à l'époque.

— Pourquoi me dis-tu cela, Julien ?

— Mais tu viens de me demander ce que je lis. Alors je te fais part de mes réflexions sur un des thèmes du roman : la peine de mort. A propos, sais-tu que Dostoïevski avait lui-même été condamné à mort et gracié sur l'échafaud.

— Il devait savoir de quoi il parlait, ricana Ezechiel.

— Oui, il évoque les affres de l'attente du condamné. Que se passe-t-il, à ce moment-là, au fond de l'âme humaine ? Dans quelles angoisses peut-elle plonger avant l'instant fatidique. Il est du moins heureux que la souffrance soit brève, au moment où la tête est coupée. Il a été dit : tu ne tueras point. Et voici que l'on exécute un homme parce qu'il a tué. C'est dur à admettre, tu ne trouves pas ?

Julien s'était animé en parlant : une légère coloration avait rosi la pâleur de son visage. Ezechiel suivait cette évocation avec intérêt et émotion. Il n'avait pas interrompu Julien, contrairement à son habitude. Il semblait plongé dans une profonde réflexion. Soudain, il lança :

— Tu ne vas pas me juger, Julien. Pas de leçons de morale, s'il te plait !

— Je ne te juge pas, Ezechiel. Je te livre mes pensées. Tu me l'as déclaré et répété. Un ami, c'est fait pour cela : pouvoir partager ses émotions, ses envies, ses doutes, ses craintes, ses espoirs. Tu as changé d'avis ? La camaraderie est un fleuve qui ne coulerait que dans un sens ? Je devrais écouter tes histoires, compatir à tes états d'âme, applaudir à tes colères. Et moi, je devrais ne rien dire d'autre que « Bene, oui, oui ??? ». C'est cela que tu veux ?

— Calme-toi, Julien. Je me laisse emporter. Tu me connais, j'ai les nerfs à fleur de peau. Surtout en ce moment. Toi, tu intellectualises le monde. Tu penses, tu raisonnes. Moi, je suis impulsif ! Excuse-moi… Je ne souhaitais pas te blesser ou t'empêcher de parler. Mais il y a une chose que je veux te dire. On a inventé la guillotine pour offrir une mort rapide au condamné. Je me demande si ce mode d'exécution n'était pas pire que les autres. Fais un effort d'imagination… Figure-toi un homme que l'on torture : les blessures et les souffrances physiques font presque oublier les douleurs psychiques. Jusqu'à la mort, un tel condamné ne souffre que dans sa chair. Or ce ne sont pas les blessures qui constituent le supplice le plus cruel. Non, c'est la certitude que dans une heure, dans une minute, dans un instant, la vie va se retirer du corps. L'existence humaine va cesser, irrémédiablement. La chose terrifiante, c'est cette certitude. Le plus épouvantable, c'est le quart de seconde pendant lequel la tête est sous le couperet. Le supplicié l'entend glisser. J'en suis convaincu, quand on met à mort un condamné, la peine est incomparablement plus grave que le crime. Le meurtre juridique est infiniment plus atroce que l'assassinat. Celui qui est égorgé par des malfrats, la nuit, au fond d'une cave, conserve, même jusqu'au dernier moment, l'espoir de s'en tirer. Par contre la certitude de l'issue fatale enlève au supplicié cet espoir qui rend la mort plus tolérable. Il y a une sentence. On ne peut y échapper. C'est la pire torture. Il n'y en a pas de plus affreuse au monde. Imagine un soldat en pleine bataille sous les bombes et les obus. Il gardera l'espoir de survivre. Mais donne à ce soldat la conviction de son arrêt de mort. Il va craquer, devenir fou ou éclater en sanglots. La nature humaine est incapable de supporter cette épreuve, sans tomber dans la folie. A quoi bon lui infliger une humiliation aussi atroce qu'inutile ? Et, tu l'as dit, ton Dostoïevski savait de quoi il parlait : on lui avait lu sa condamnation et imposé cette torture, avant de lui annoncer : « Va, tu es gracié ! ». Il était bien placé pour raconter ce qu'il a ressenti. Non ! On n'a pas le droit de traiter ainsi la personne humaine !

— Mais c'est ce que tu fais, Ezechiel ! C'est ce que tu fais à chacune des exécutions de tes victimes !

— Alors, tu n'as rien compris pour l'instant, Julien Ducastain ! Mais tu l'as dit tout à l'heure, tu es mon ami. J'ai encore le temps de te convaincre. Nous en reparlerons.

Ezechiel regarda sa montre puis se leva :

— Julien, malgré nos petites divergences de perception sur les choses de la vie… et de la mort… Hé ! Hé ! J'ai beaucoup apprécié ton hospitalité. Merci pour cette soirée.

William prit congé. Il était environ trois heures du matin. Ducastain referma la porte du couloir. Il entendit les pas lourds d'Ezechiel descendant les marches, jusqu'au rez-de-chaussée. Après avoir éteint la lumière, Julien alla directement à la baie du salon. Il se plaça derrière les rideaux et observa son « ami » qui sortait dans le Passage.

Ezechiel s'avançait comme un promeneur tranquille qui rentre chez lui. Il sentait, sans le voir, le regard de Ducastain qui devait le scruter, derrière la fenêtre, à quelques mètres au-dessus de lui… Le Passage était balayé par une bise glaciale. William remonta le col de son manteau et marcha sereinement vers son domicile.

Ducastain retourna s'asseoir. Il resta dans la pénombre et songea à l'étrange conversation qu'il avait eue, avec Ezechiel. Il se mit à parler seul, à mi-voix :

— Ezechiel ! Nous sommes la nuit de Noël… Un soir différent des autres. Tu viens de tuer un homme. Tu débarques chez moi pour me raconter tout cela. Tu plaisantes en ma compagnie. Tu te marres en regardant des émissions stupides à la télé. Ensuite tu repars comme si de rien n'était… Il y a un petit problème, non ?

La police était encore présente dans le Passage. Un cordon de sécurité avait été installé. Les flics demandèrent ses papiers à Ezechiel. Il ne les avait pas sur lui. Il expliqua qu'il résidait au numéro 21 et qu'il était allé chez un ami habitant dans le Passage. Les policiers se concertèrent quelques instants. Ils décidèrent de l'accompagner jusqu'à son domicile pour vérification. Ezechiel ouvrit la porte de l'immeuble et saisit une veste accrochée dans le vestibule. Son portefeuille était dans la poche. Il présenta sa carte d'identité. Les policiers repartirent, sans faire de commentaires.

Malgré l'heure tardive, Ezechiel n'avait pas sommeil. Il monta au premier étage et s'installa dans le séjour. Il se versa un verre de Bourbon et s'assit dans la pénombre. La pièce était éclairée de l'extérieur, par les réverbères du Passage. Quelle belle soirée ! Il avait vécu une superbe nuit de Noël. D'abord l'exécution de Fourvier. Un salaud de moins. Il était fier de ce nouvel acte de salubrité publique. Une affaire rondement menée !

Ensuite les trois ou quatre heures passées chez Julien. Tout comme son ami écrivain, William avait connu bien des Noëls de solitude. Il frissonna en pensant à ces nuits de tristesse. Quasiment tous les 24 décembre, le scénario se répétait. Isolement, nostalgie, rêves d'enfance brisés apparaissaient comme des bulles d'air, sortant de la vase d'un étang et remontant jusqu'à la surface. Cette année avait été différente. Il avait de la chance de connaitre Ducastain et de s'être fait comprendre.

Ezechiel but deux gorgées de whiskey. Elles lui réchauffèrent le palais et le cœur. Un sourire éclaira son visage. Son regard ordinairement dur et perçant se fit plus apaisé. Presque comme celui d'un adolescent qui viendrait de se consoler d'une longue période de souffrance. Il se mit à parler à mi-voix. Cela lui arrivait souvent.

— Julien, malgré nos petites divergences d'opinions sur les choses de la vie… et de la mort… Hé ! Hé ! J'ai beaucoup apprécié ton hospitalité. Merci pour cette soirée. J'espère ne pas avoir éclusé tout ton champagne !

Ha ! Ha ! Tu ne m'en voudras pas. D'abord, il était excellent. Ensuite quelle boisson autre que le champagne pour un soir de Noël. Superbe moment, vraiment !

Ezechiel se rendit compte qu'il s'agissait exactement des mots qu'il avait prononcés en prenant congé de Ducastain. Comme s'il avait envie de prolonger son bonheur, il répétait ses propres paroles… Il avala une autre gorgée de Bourbon. Elle lui parut plus forte que les précédentes. Presque brulante. Tout à coup, il eut un flash et son expression changea. Il se remit à murmurer.

— Bon sang, Julien, tu es mon ami ! N'est-ce pas ? Je t'ai senti par instant comme… absent. Tu avais la tête ailleurs. Je ne suis pas certain que tu étais vraiment heureux de me voir. Non, ce n'est pas possible. Tu ne me ferais pas cela. Tu me l'aurais dit, si je te dérangeais… On ne s'ennuie pas ensemble. Nous partageons nos secrets. Nous nous apportons de la chaleur humaine, du réconfort, dans ce monde de merde ! Et puis ton putain de Dostoïevski ! Il a failli semer la zizanie entre nous. Je n'ai pas lu le livre dont tu me parlais, mais j'ai immédiatement compris ce que voulait dire l'auteur. Et toi, mon bon Julien, tu continues à te fourvoyer dans ta pensée unique, sclérosée par l'éducation, les journaux, la télé…

Ezechiel reposa son verre en le frappant sur la table du salon. Il reversa du Bourbon Whiskey presque à ras bord. Il but une longue rasade qui lui fit monter le sang au visage. Ses yeux verts étincelaient soudain, comme ceux d'une bête traquée.

— Putain de merde ! Julien. Tu n'es pas en train de m'annoncer que tu vas craquer ! Si les poulets t'interrogent, tu leur déclareras exactement ce que j'ai préparé comme version. Ne va pas te soulager la conscience en me balançant. Non ! Ne me dis pas que tu es une petite fiotte de balance ! Tu n'as pas le droit de me faire ça. Les choses sont pourtant simples. Je finis de nettoyer le Passage. Il me reste un ou deux trucs à régler. Pas plus c'est promis. Et puis j'arrête. On sera tranquille. On sera ami et on va très vite oublier toutes ces saloperies. Amis pour la vie, Julien…

Ezechiel respira profondément. Il reposa le verre, se leva et alla se passer de l'eau froide sur le visage. Puis il revint s'asseoir.

— Pourquoi suis-je toujours à cran ? Il n'y a aucune raison pour cela. C'est curieux, tu ne trouves pas, Julien. Quand je bute tous ces salopards, je reste d'un calme olympien. Et puis maintenant que j'ai réglé un problème, je me mets à m'énerver tout seul. Sans aucune cause. Ne m'en veux pas, Julien… Je te fais confiance. Je panique comme une antilope qui a cru apercevoir le lion. Bon ! Ça y est je suis apaisé. Tout va bien, Julien.

Ezechiel enleva ses chaussures et s'allongea sur le canapé. Dix secondes plus tard, il s'endormait…

En moins de trente secondes, le serrurier avait ouvert la porte de l'immeuble, 29 passage Richelieu. Louvier lui fit un signe du pouce pour le féliciter de sa dextérité. Il s'adressa aux policiers qui se trouvaient auprès de lui.

— Delaroche et Bourtin, vous montez avec moi. Tous les autres, vous restez ici jusqu'à ce que je vous appelle. Personne ne doit s'introduire dans le bâtiment. Ceci inclut le Proc. Et même le ministre de l'Intérieur si, par hasard, il venait effectuer une excursion dans le secteur !

Les trois hommes entrèrent dans le couloir. A l'aide d'un stylo, Delaroche fit jouer l'interrupteur. Il se tourna vers Bourtin :

— Notez ceci, s'il vous plait : prévoir un prélèvement d'empreintes sur la minuterie… Le corridor est propre… Pas de signe d'effraction…

Louvier alluma une lampe torche et éclaira plus vivement l'escalier.

— Vérifier les traces sur la rampe… Les marches semblent nettes, pas de marques au sol.

Ils arrivèrent au premier. Les deux pièces composant l'étage servaient l'une de bibliothèque, l'autre de bureau. Là encore, tout semblait normal. Aucun signe de lutte n'apparaissait.

— Vous sentez cette odeur ? demanda Delaroche.

— On dirait du cochon grillé, répondit Louvier. Je pensais qu'on mangeait de la dinde à Noël… Allons voir plus haut.

Le second niveau était également constitué de deux pièces, une cuisine assez bien agencée et une salle de séjour. Dans cette dernière régnait un désordre incroyable. La fenêtre était brisée de l'intérieur, mais quelques éclats de verre étaient retombés sur la moquette. Près du canapé, une cordelette de nylon tressé était entortillée au milieu d'une flaque de vomis. Une puanteur de viande grillée et de déjections emplissait les lieux.

— Regardez-moi ça ! Quelqu'un a bouffé des pâtes et bu du vin… C'est assez dégueulasse. Heureusement que je n'ai pas eu le temps de manger le dessert ce soir, grinça Louvier.

— C'est quoi ce bordel ? reprit Delaroche, en désignant sous une chaise du salon, une batterie de 12 volts, du fil électrique et des pinces d'accumulateurs négligemment abandonnés. Un fauteuil était renversé. Le tapis était trempé et sur la table, un pack de bouteilles d'eau minérale était à moitié vidé. Par terre, près de la fenêtre un rouleau de bande adhésive et un chiffon jeté en boule.

— Vous avez déjà vu une chose pareille ? demanda Bourtin.

— Plus de vingt ans de carrière, messieurs. C'est ma première enquête pour meurtre un soir de Noël et c'est la première fois que je découvre un tel merdier. Le type qui a accompli tout cela est dingue. Il a ligoté et bâillonné Balducci. Puis il l'a torturé à l'électricité. Pour finir, il l'a détaché, débâillonné et l'a balancé par la fenêtre. Vous êtes d'accord avec ce scénario, Delaroche ?

L'inspecteur afficha une moue qui se voulait une approbation.

— Oui… Balducci a été attaché avec un cordon en nylon. Je parie que le labo nous dira qu'il provient de la même bobine que le morceau qui a servi pour Hoffman. Ensuite on l'a torturé à l'électricité. D'où l'odeur de viande grillée et le dégueulis… L'autopsie en dira plus.

Delaroche se tourna vers Bourtin.

— Vous pouvez dire aux équipes du labo de faire leur job.

— Euh… Il n'y a qu'un technicien d'astreinte, répondit Bourtin.

— Vous rigolez ! rugit Louvier.

— Non, monsieur le commissaire. C'est Noël, on travaille à effectif réduit.

— Bon sang ! Je vais rappeler le procureur ! Il faut mobiliser des renforts. Il n'y a pas de raison que nous soyons seuls à vivre un réveillon totalement pourri. Je descends. Continuez le job là-haut, Delaroche. Bourtin vous accompagne. Faites quand même attention. Je suis sûr que notre justicier est passé par les toits pour entrer. Il est sans doute déjà reparti depuis belle lurette. Mais avec un mec givré, on ne sait jamais…

Les deux inspecteurs s'approchèrent de l'escalier conduisant au troisième étage.

— Regardez Bourtin, on dirait des empreintes de semelles. Des chaussures type Ranger. Quelqu'un a descendu les marches avec des souliers humides. Quand il est remonté, ils étaient encore mouillés, on voit les marques du retour. Comme j'imagine mal Balducci se promener avec des rangers, dans son appartement, ce sont probablement les traces du tueur. Vous restez là, Bourtin et vous les montrez aux types du labo dès qu'ils arrivent. Je veux photos, relevés d'empreintes et tout le bataclan. Je veux aussi qu'ils examinent attentivement la batterie et l'équipement qui l'accompagne. Pour finir en beauté, demandez-leur une analyse du dégueulis. Ils vont adorer ça…

— OK ! répondit Bourtin. Vous allez là-haut ?

— Oui, je désire voir par où est passé le visiteur du soir.

Delaroche grimpa au troisième niveau. Ce dernier était constitué de deux chambres et d'une salle de bains.

— Eh bien, nous y voilà, murmura-t-il. La fenêtre d'une des pièces était ouverte. La vitre avait été proprement découpée à l'aide d'une molette coupe-verre et d'une ventouse. Les outils étaient posés sagement sur le balcon. Comme à son habitude, le tueur laissait des traces.

— C'est bon, on nous envoie la cavalerie. J'ai eu Saint Grenier en ligne. Il était fou de rage ! Son réveillon est foutu…

— Vous voulez bien regarder, Commissaire ? demanda Delaroche. Voyez comme notre ami aime abandonne ses instruments. L'autre jour, il nous a légué son sabre, et ce soir son nécessaire de parfait monte-en-l'air et sa trousse de bourreau. Qu'en dites-vous ?

— Je trouve qu'il est négligent. Un détail va finir par le perdre.

— Je dois avouer que j'y ai pensé, rétorqua Delaroche en prenant son menton entre le pouce et l'index avant d'ajouter :

— Oui, j'y ai pensé. Pourtant, je suis maintenant presque certain que le tueur abandonne volontairement tous ces objets. Cela lui évite de les ramener chez lui. Ou de devoir les dissimuler ou les jeter à la poubelle. Vous imaginez bien que le procureur va ordonner des perquisitions aux domiciles des suspects que nous avons listés et convoqués. Ces perquisitions ne donneront rien, puisque les pièces à conviction se trouvent sur la scène des crimes.

— Bon Dieu, si vous avez raison ce type semble plutôt malin. En plus, il nous provoque : « Je laisse des traces, messieurs les enquêteurs. Montrez-moi ce dont vous êtes capables. » Bourtin m'a parlé de chaussures et d'empreintes. Avec un peu de chance, on pourra peut-être trouver les pompes chez l'un des suspects.

— Oui, c'est peut-être sa première erreur, notons aussi l'objet avec lequel Hoffman a été matraqué. Une batte de base-ball, selon nos conjectures. Il ne l'a pas laissée sur place. L'arme se trouve bien quelque part…

Les deux hommes sortirent sur la terrasse. Elle courait le long de la façade, juste sous la verrière couvrant la galerie.

— Il est venu par les toits. Cela renforce l'idée qu'il connait bien les lieux. Un habitant du passage ou quelqu'un pouvant y avoir facilement accès.

En s'agrippant à la gouttière, Delaroche se hissa sur la toiture qui se trouvait à moins de deux mètres au-dessus. Les plaques de zinc étaient froides et humides. Il fit quelques pas et se pencha. Un instant plus tard, il se redressa en interpellant Louvier :

— Je vous dis qu'il est malin !

Delaroche tenait, entre ses mains gantées, une paire de bottes Dr Martens, taille 44…

Louvier, Delaroche et Bourtin attendirent encore une heure dans l'entrée de l'immeuble de Balducci-Fourvier. Ensuite arriva la police scientifique. On trouva les vêtements de la victime jetés sous une armoire. Ils avaient été découpés sans doute à l'aide d'un cutter. Ensuite, le tueur les avait arrachés, pour dénuder Fourvier. La police scientifique continua son travail dans un silence pesant. La scène malgré l'absence de cadavre apparaissait à la fois surréaliste et assez répugnante.

— Bon, nous n'avons plus grand-chose à faire ici, annonça Louvier à l'officier dirigeant l'équipe scientifique. Je vous laisse poser les scellés dès que vous aurez fini votre boulot. Bourtin et Delaroche, on rentre au commissariat…

— Vous oubliez les témoins, commissaire !

— Ah, merde ! Où avais-je la tête ? Quelqu'un a relevé leur identité ?

— Oui, ça a été fait, juste avant votre arrivée.

— Qu'en pensez-vous, Delaroche ?

— Ils n'ont rien vu, si ce n'est Balducci agonisant sur le sol… Je crois qu'on n'en tirera pas grand-chose de plus. On peut les convoquer demain, pour leur déposition.

— Ça me va. Allez les revoir avec Bourtin et Questan. Vérifiez qu'ils n'ont rien d'autre à nous raconter. Quelque chose qui pourrait nous intéresser. Et… dites leur dire bonsoir de ma part. Ensuite, on se retrouve à la maison.

Louvier arriva le premier au commissariat. Les bureaux étaient tous déserts. Quatre policiers en tenue étaient demeurés sur place. L'un d'eux, en apercevant le commissaire, glissa une bouteille sous sa chaise, Louvier fit semblant de n'avoir rien vu. Il salua les hommes d'un grognement et rejoignit son bureau. Ce dernier était glacial. Une fenêtre était restée entrouverte depuis la veille. Le froid s'engouffrait dans la pièce. Il la referma avant de se laisser tomber dans son fauteuil. Delaroche, Bourtin et Questan le retrouvèrent quelques instants plus tard.

— Les témoins ? demanda Louvier sans conviction.

— Rien de plus. Rien, répondit Jean Louis Bourtin.

— Bon Dieu ! On va devoir rédiger un rapport. Vanderbert et Saint Grenier ne vont pas nous louper demain. Qui s'y colle ?

Pierre Questan leva la main en grimaçant plus qu'il ne souriait. Il s'installa sur une machine à écrire, dans un coin de la pièce. Lentement, lettre après lettre, avec régularité et opiniâtreté, il commença à saisir le procès-verbal de l'intervention.

Louvier calcula mentalement que son inspecteur en avait pour au moins deux heures de travail. Bourtin annonça qu'il allait passer un coup de fil à sa femme et sortit du bureau. Delaroche s'était installé en face du commissaire.

— Résumons, dit Bertrand. Qu'est-ce que nous avons ?

— Pour ma part, j'ai surtout envie d'un café, répondit Delaroche.

— Bonne idée, éructa Louvier.

Il se leva et hurla quelques mots dans le couloir. Trente secondes plus tard, un homme en uniforme leur apporta un pichet en verre, rempli de café.

— Nous ne possédons pas beaucoup d'infos, Monsieur, continua Delaroche. Oui. Pas grand-chose. En fait, le peu dont nous disposons représente quelques pièces d'un puzzle. Nous ne pouvons pas le reconstituer, puisqu'il nous manque l'essentiel des éléments.

— Par contre, nous pouvons essayer d'imaginer ce puzzle, reprit Louvier en pointant Delaroche du doigt.

— Essayons d'entrer dans la peau du tueur. On peut penser qu'il agit seul, n'est-ce pas ?

Louvier s'était enfoncé dans son fauteuil. Il fit un signe approbateur, avant de croiser les bras au-dessus de son crâne.

— Qu'est-ce qui le pousse à agir ? Quelles sont ses motivations ? Hoffman : un délinquant. Menez : un gardien d'immeubles. Balducci : un retraité apparemment sans histoire… Sauf à supposer que le tueur opère au hasard, on doit pouvoir trouver un lien entre ces trois meurtres. Découvrir ce lien est une des clés de la reconstitution du puzzle.

Louvier avala de longues gorgées de café brulant. Le breuvage lui fit du bien. Il se sentit tout à coup presque heureux ! Il était là, sous la lumière blafarde de son bureau, une nuit de Noël. Il enquêtait sur un tueur en série. Le commissariat était presque désert. Oui, il considérait bénéficier d'une sorte de privilège de vivre cette existence, différente de la plupart des autres. La neige s'était remise à tomber. Il voyait passer les gros flocons derrière la fenêtre. Tout cela donnait une ambiance magique à la scène, à cet instant, à cette nuit. Au fond, il méprisait tous ces gens qui réveillonnaient dans le petit confort de leur destin étriqué. Lui était éveillé, comme un Guetteur.

Il n'était pas seul : Delaroche, Bourtin, les hommes de garde l'entouraient. Des flics. Ils étaient tous des flics… La plupart d'entre eux avaient choisi ce boulot pour connaitre de tels instants. A la fois hors du monde et au cœur de l'évènement.

— Quand je pense que mon beau-frère est, sans doute, allé se coucher. La panse remplie de dinde, de buche et de pinard.

— Pardon ? dit Delaroche

Louvier continua sans prêter attention à la question de Delaroche :

— Il va se coucher et se mettre à ronfler comme un porc repu. Mais nous, nous sommes debout, Delaroche ! La nuit sera longue. On ne va pas rentrer chez nous… Vers 4 ou 5 heures du matin, nous allons trouver un canapé ou un banc, quelque part dans le commissariat. Nous allons somnoler une heure, peut-être un peu moins… L'équipe de jour va nous réveiller… Vanderbert et Saint Grenier vont se pointer à dix heures, pour une réunion de crise. Ils se montreront de très mauvais poil. Ils ont horreur de quitter leur bureau et de descendre sur le terrain !

Louvier se tut. Delaroche terminait son café en caressant sa tasse encore tiède. Bertrand souriait largement. Il se sentait presque satisfait qu'il existe des criminels. Cela lui permettait d'être flic…

Le directeur de la Police Judiciaire, Philippe Vanderbert, le procureur André Saint Grenier, Bertrand Louvier et Michel Delaroche étaient réunis au commissariat du 2ᵉ arrondissement en ce mardi 25 décembre. Saint Grenier tirait sur sa pipe en bruyère, en émettant des volutes de fumée qui enveloppaient la pièce. Delaroche toussotait de temps à autre, comme s'il voulait marquer sa réprobation. Manifestement sans résultats…

— Voilà les faits, résuma Louvier après avoir listé les évènements de la veille.

— Je vous l'avais annoncé l'autre jour ! lança Vanderbert. Je vous avais dit qu'Hoffman apparaissait comme le premier d'une longue série.

— Vous aviez vu juste, Monsieur Le Directeur, concéda Louvier.

— N'allez surtout pas croire que je suis un devin extra-lucide, messieurs. La vérité est beaucoup plus simple !

Vanderbert sortit de sa poche la lettre qu'il avait reçue en septembre. Il la lut aux participants de la réunion. Saint Grenier posa sa pipe dans le cendrier et regarda Vanderbert en fronçant les sourcils. Il semblait incrédule. Comment Philippe avait-il pu dissimuler un tel courrier ? Louvier et Delaroche écarquillaient les yeux, ébahis…

— Cette lettre m'est parvenue il y a quelques mois, continua Vanderbert avec assurance. Je n'y ai d'abord pas attaché une grande importance. Elle a failli rejoindre à la poubelle d'autres papiers sans intérêt. Cependant, en fin de compte, je l'ai conservée. Quelque chose me disait que celui qui avait écrit ces lignes était à la fois perturbé et déterminé. Un fou, sachant exactement ce qu'il veut, peut devenir très dangereux. Dès que j'ai appris l'assassinat d'Hoffman, la lettre m'est revenue en mémoire. C'est alors que je vous ai convoqués, quai des Orfèvres.

Vanderbert se tourna vers Louvier :

— Vous sembliez surpris que je vous demande de donner la priorité à cette enquête. Je savais ce que je faisais. Vous, par contre, vous ne pouviez pas savoir…

— Si je puis me permettre une question, pourquoi ne nous avoir rien dit, Monsieur Le Directeur ? Ne pensez-vous pas que cela nous aurait aidés ? demanda Delaroche.

— Oui. C'était un renseignement capital, confirma Saint Grenier, en ressaisissant sa pipe. Il tenta de la ranimer. Ses efforts demeurèrent vains.

Vanderbert sourit légèrement. Son expression semblait signifier : « Je ne suis pas coupable, messieurs, je n'ai rien caché. J'ai juste mis de côté une potentielle information, provenant d'un cerveau dérangé ». Tandis que le Procureur rallumait péniblement sa pipe, le Directeur répondit :

— Au contraire, je pensais que la Police se montrerait plus efficace, en conservant un œil neuf sur l'affaire. Cette lettre aurait pu polluer vos recherches. En vous cachant ce courrier, vous restiez vierges de toute influence…

Louvier regarda Vanderbert avec attention. Il songeait : voyons comment se présente la tête d'un homme qui ment. En fait, cette tête de mule ne nous aurait rien dit, si le rythme des crimes ne s'était pas accéléré. Vanderbert a pris peur. Il a sans doute réalisé le danger qui le menaçait. Le tueur arrêté, seulement au bout du sixième ou dixième meurtre et annonçant au juge d'instruction : « J'avais prévenu, par courrier, le directeur de la PJ que j'allais passer à l'acte. Il ne vous a rien dit ?! ». Cela aurait fait un peu désordre.

— Oui, je comprends votre démarche. C'est finalement mieux ainsi, confirma Saint Grenier. Cependant, je ne vous cache pas que j'aurais souhaité être mis plus tôt dans la confidence, mon cher Philippe…

— Bien ! coupa Vanderbert. Maintenant tout le monde sait ce qui se passe. On a, quelque part dans la nature, un tueur. Sans doute un psychopathe. Il s'est érigé en justicier. Nous en sommes déjà au troisième cadavre, en quelques jours. Rien n'indique qu'il va arrêter, sauf si nous le démasquons…

Puis en s'adressant à Louvier, Vanderbert demanda :

— Parlons de ce qui s'est passé cette nuit. Dans le procès-verbal, vous dites que le dénommé Balducci n'était pas mort, lorsque les témoins sont arrivés. Il aurait prononcé des paroles peu intelligibles. Vous pouvez nous en dire plus ?

— Non, Monsieur le Directeur. « Quelle ou tel » puis « La fête » ou « faites » ou « trop faite ». Il voulait dire quelque chose. Nous ne savons pas quoi. Nous devrons essayer de décoder tout cela.

— Oui. Les derniers mots d'un homme, en état de mort imminente, se révèlent quelquefois incohérents et parfois significatifs. Dans le cas présent, nous sommes dans l'incompréhensible… Vous avez convoqué combien de personnes pour lundi ?

Delaroche se gratta la gorge. La fumée produite par la bouffarde de Saint-Grenier lui semblait insupportable…

— Nous avons envoyé huit injonctions. D'ores et déjà, je vous affirme, Monsieur Le Directeur, que nous aurons, au plus, sept personnes à entendre.

— Pourquoi cela ? demanda Saint Grenier en lissant ses moustaches.

— L'un des suspects convoqués était Antonio Balducci, Monsieur le Procureur !

— Ah ! Vous avez quand même misé juste. Ce type ne semble pas complètement étranger aux affaires. Si ce n'est pas comme coupable, c'est sans doute un autre lien qui le rapproche des meurtres.

— Nous ne les rencontrerons que mardi. Serait-il possible d'accélérer la procédure, Monsieur le Procureur ?

— Je peux délivrer des comparutions par la force publique. Vous n'aurez qu'à cueillir vos suspects à leur domicile ou en tout lieu qui vous conviendra…

— Faisons cela, dit Vanderbert à l'adresse de Saint Grenier. Commençons dès cet après-midi.

Puis il se tourna vers Louvier et Delaroche :

— Vous me donnez la liste des personnes à interroger ?

Delaroche lui présenta un papier.

— Tout est noté là.

Vanderbert saisit la feuille. Il y jeta un bref coup d'œil et la tendit à Saint Grenier. Puis il regarda, l'un après l'autre, Louvier et Delaroche. Il le fit attentivement, comme un gradé scrute ses soldats, pour évaluer leur état physique et moral.

— Vous semblez un peu fatigués, messieurs ? La nuit a été courte. Je le sais. Rentrez donc chez vous, pour vous raser, prendre une douche et vous détendre une heure ou deux. Vous envoyez vos hommes cueillir les suspects en début d'après-midi. Commencez les auditions, par exemple à 15 heures.

— Merci de nous laisser un peu de temps, Monsieur le Directeur.

— C'est normal, c'est Noël ! Bon ! Tenez-nous au courant dans la soirée, dès que vous aurez terminé les interrogatoires.

Vanderbert et Saint Grenier prirent congé, abandonnant Delaroche et Louvier. Les deux hommes se regardèrent. On lisait la lassitude sur leurs traits. Depuis le début de la série de meurtres, ils n'avaient pas connu une seule nuit de sommeil complète. Leurs visages n'étaient pas rasés et leurs vêtements parfaitement fripés.

— Vous rentrez chez vous, commissaire ?

— Non, ma femme reçoit sa famille. Je ne pourrais pas arriver et leur dire : « Bonjour tout le monde… Je vais me coucher et je repars dans deux heures ! ». Ce serait assez impoli. Je vais plutôt aller chez Gisèle.

— L'Hôtel de Varsovie ?

— Oui. Elle va me trouver une piaule avec douche. Je lui demande de me réveiller vers 14 h 30. Ça me laisse deux ou trois heures de sommeil. Ça devrait suffire. Et vous Delaroche ?

— Je vais rester ici. Un ou deux cafés et je pense pouvoir tenir jusqu'à ce soir.

— C'est beau la jeunesse. Vous verrez, après quarante piges, on descend une marche tous les ans…

Louvier sortit et se dirigea vers la rue Montmartre. L'Hôtel de Varsovie y était exploité par une ancienne mère maquerelle, Gisèle Lebrun. A une certaine époque, elle avait servi d'indic à Louvier. Sans que naisse une amitié, des liens s'étaient forgés entre elle et lui. Louvier était intervenu plusieurs fois, lorsque des pervers, des mecs bourrés, des borderline venaient mettre le foutoir dans le petit commerce de Gisèle.

Comme récompense, avant qu'il ne se marie, Louvier avait pu profiter du grand cœur de certaines des filles. Tout se passait discrètement, sans vagues.

Depuis son mariage, Louvier avait pris ses distances. Il se contentait de dormir de temps en temps à l'Hôtel, lorsqu'il ne pouvait ou ne voulait pas rentrer chez lui.

Louvier entra dans l'établissement. L'atmosphère sentait le benjoin, le déodorant de série B et le détergent. Gisèle se tenait à la réception. Il ne l'avait pas vue depuis presque un an. Il la trouva soudain vieillie.

— Bonjour, Commissaire ! dit-elle en regardant Louvier des pieds à la tête. Encore une nuit blanche, je suppose… Laisse-moi deviner. Ça serait t'y pas en rapport avec le barjot qui sévit dans le secteur ? On m'a dit qu'un nouveau macchabée a été découvert cette nuit, dans le Passage.

— Les nouvelles vont vite, rétorqua Louvier, avec un sourire en coin. Tu as tout compris, Gisèle. Ce tueur veut m'empêcher de dormir… Grâce à Dieu, je sais que je peux compter sur toi, pour l'hospitalité à l'improviste.

— On peut dire que tu es verni, Commissaire. La chambre mauve est libre, jusqu'à ce soir. Ça ira ?

— Parfait. C'est la piaule pour les rencontres entre adultes, non ?

— Oui. Mais aujourd'hui, c'est Noël. Les tireurs, les obsédés sexuels, même les échangistes la mettent un peu en veilleuse. Remarque, tout repart dès ce soir. Un dénommé monsieur Jacques a pris une réservation. D'après ce que j'ai pu comprendre, un couple arrive de province tout à l'heure. Ils viennent rejoindre ce monsieur pour une nuit chaude... C'est surtout madame qui va passer une bonne nuit. Tu pourras leur tiédir le lit. On changera les draps après ton départ…

— Je vais boire quelque chose avant d'aller dormir. Qu'est-ce que tu me conseilles ?

— Un petit rhum vieilli te fera du bien.

— OK. Donne-moi un verre et la clé de la chambre. Pense à me réveiller, Gisèle, s'il te plait. On m'attend au commissariat avant 15 heures. Je dois rencontrer quelques amis…

*

Seulement cinq personnes se présentèrent à la convocation. Balducci était naturellement absent. Deux autres hommes se trouvaient en vacances. Les voisins, leurs familles avaient confirmé le fait. On avait réussi à les joindre au téléphone. Ils étaient priés de rentrer dès lundi à Paris et de venir immédiatement au Commissariat.

Delaroche avait presque terminé avec les deux suspects que Louvier lui avait réservés. Il s'agissait, pour le premier, d'un petit escroc sans envergure. Ses cartes de visite indiquaient : Antoine de Montalembert, conseiller financier. En fait, il s'appelait Antoine Ducros, ce qui rimait mieux avec son activité d'escroc…

Sa spécialité : les ventes pyramidales de placements monétaires. Il avait commencé sa carrière à Toulouse. Sous le nom d'Adrien Despréaux. Son système frauduleux avait éclaté au bout de quatre ans. Quand un trop grand nombre d'épargnants avaient voulu récupérer leur pognon… Antoine avait ensuite passé deux ans à l'ombre.

Puis, il était ressorti et avait remis cela à Nantes. Nouvelle identité : François-René Destier. Nouvelle banqueroute. Cinq ans de taule. Il vivait à Paris depuis six mois. Et avait repris son petit commerce douteux, en se faisant appeler de Montalembert.

Les R.G. et la brigade financière du *Château des rentiers* avaient un œil sur lui. Mais aucune autre plainte n'avait pour le moment été enregistrée. Son emploi du temps, facile à vérifier en raison de ses nombreux rendez-vous en province, excluait sa participation aux meurtres.

Le deuxième suspect, Georges Boulan, surnommé Jo la Ferraille, présentait un profil de petite frappe sans envergure : vols de bagnoles, casses minables dans des entrepôts isolés, trafics de métaux de récupération. Du bas de gamme. Il avait répondu en rigolant et en plaisantant aux questions de Delaroche.

— Tu sais, Jo, tu as une chance inouïe que ce soit moi qui t'interroge. Si tu étais tombé sur Louvier, il t'aurait déjà enfoncé la tête, en deux coups d'annuaires téléphoniques.

— Vous êtes le flic gentil ! Et lui le méchant, j'ai du bol…

— Ecoute, Boulan. Pour moi, tu es un petit mec. Je n'ai qu'à claquer des doigts et je te fais coffrer pour au moins 48 heures. En attendant mieux. C'est cela que tu veux ?

— Vous n'avez rien contre moi, inspecteur. Vous ne pouvez pas me garder.

— Tu sais, La Ferraille, on bosse sur une sale affaire. Je n'ai pas envie de rire. Tu te crois à l'abri parce que tu possèdes une grande gueule. Pourtant, je te promets qu'on va inventer quelque chose. Par exemple, je fous en l'air les papelards qui se trouvent sur mon bureau. Je jette mon verre contre le mur. J'attrape ta chaise, je la balance à travers la vitre… Trois flics vont très vite arriver. Je dis que tu as pété un plomb. On te maîtrise, en te faisant un peu mal et tu te retrouves au bloc. Je prépare un beau PV, avec quelques photos. On montre tout çà au juge, dès lundi. En comparution quasi immédiate. Tu seras inculpé de rébellion avec violence caractérisée. Article 212 du Code pénal. Tarif : de six jours à six mois de taule. Avec ton pédigrée, je pencherai plutôt pour trois mois au minimum. Tu vois, je maîtrise mes classiques.

— Je ne crois pas ce que vous dites, Inspecteur. Vous bluffez, mais…

— Mais… Tu ne me connais pas encore ! Et tu n'as pas envie de jouer au poker contre moi. Tu sais que si quelqu'un tient une main gagnante dans cette pièce, c'est moi. Donc, reprenons sérieusement.

Jo changea soudain de ton. Il fit profil bas. Comme s'il faisait copain-copain avec Delaroche. Un vrai toutou…

— Ecoutez, Inspecteur. Je vous garantis que je n'ai rien à voir avec ces meurtres. Je peux vous fournir des alibis pour le jour ou Hoffman s'est fait éclater la tête. Pour cette nuit aussi. Les deux fois, je me trouvais dans des bars. Plein de gens m'y ont aperçu. Vous connaissez les patrons et les serveurs. On sait tous que ce sont vos indics. Le problème, c'est pour la soirée où le concierge… comment s'appelait-il… ?

— Fernando. Fernando Menez, lui souffla Delaroche.

— C'est ça, Menez. Cette nuit-là, j'étais monté sur un coup. Un stock au Port de Gennevilliers.

— C'était quoi le matos ?

— Du cuivre. Des fils de cuivre qui avaient été déchargés la veille, en provenance de Rouen. Des camions devaient venir les chercher le lendemain. Disons qu'on a joué le rôle des bahuts. On est arrivé très tôt, vers trois heures du matin et on a embarqué les quinze tonnes.

— Ah quand même ! Je parie que tu as oublié le nom des gars qui t'accompagnaient !

— Oui. Vous connaissez la règle... Vous allez me faire tomber, Inspecteur ?

— Ca dépend. Je veux des infos sur le tueur. Tu me donnes quelque chose ?

— Non ! Tout le monde en parle. En réalité, personne ne sait. Il se dit même que les Corses et les Arabes ont passé un deal pour retrouver ce type. Santini et Belmoktar se seraient rencontrés, il y a deux jours. L'affaire Hoffman leur a filé les boules. Ils ont conclu une sorte de trêve de Noël. Et ils ont annoncé une récompense pour des infos sur votre rapace. Ce mec freine le business...

— Hé oui. La pègre se sent en insécurité. C'est un peu le monde à l'envers. Ecoute, Jo, ton cuivre, je m'en fous. Tu mets en veilleuse tes petits trafics, jusqu'à ce qu'on ait arrêté le tueur. Tu consacres ton énergie à fouiner, à ouvrir grandes tes oreilles, à creuser. Tout ce qui pourrait apporter des infos. Et tu me les donnes, *à moi*. C'est compris ? A moi. Pas à Santini, pas à Belmoktar.

— Vous exigez que je devienne votre indic ?

— Sur ce coup. Juste sur ce coup, Jo. Dès qu'on aura serré le tueur, la vie normale pourra reprendre. Tu ne seras pas cité. Je veux juste des infos. Je m'en démerderai ensuite. Si ça te va, tu me donnes tes alibis. Je passe deux ou trois appels. Puis, je vérifie pour le casse de Gennevilliers. Dans moins d'une heure, tu sors et tu fais ce que j'ai demandé. OK ?

— OK ! Vous pouvez compter sur moi, Inspecteur, dit Jo la Ferraille, en mettant la main sur le cœur. Au fait, vous auriez vraiment simulé une rébellion ?

— Je ne montre jamais mes cartes après un coup au poker, mon vieux. Allez, tu vas dans le couloir. Je passe quelques petits coups de fil et je te fais sortir, si tout se passe bien.

Delaroche appela deux indics qui confirmèrent l'emploi du temps de Jo la Ferraille. Puis il passa un coup de fil au Commissariat de Gennevilliers. Le casse avait bien eu lieu. La bande avait agi à visage découvert. Mais on n'avait pas pu identifier les auteurs. La police soupçonnait une ou plusieurs complicités dans le personnel du Port.

Delaroche avait terminé. Au final, il se dit qu'il n'avait rien ! Il alla à la machine à café. L'appareil avala sa pièce. Il espérait un express serré. L'appareil lui sortit un immonde café allongé.

En passant devant le bureau de Bourtin, il vit que ce dernier n'en avait pas fini avec son client. Il entra sans frapper. Bourtin semblait minuscule, face à l'homme qu'il interrogeait. Delaroche vint s'asseoir à côté de l'inspecteur.

— Bonjour dit-il. Vous êtes monsieur William, c'est cela ?

Ezechiel hocha la tête en signe d'acquiescement.

— Nous avions pratiquement terminé, annonça Bourtin d'une voix presque fluette.

— D'accord, reprit Delaroche. Si vous avez fini… Eh bien, je vais pouvoir commencer. Tout d'abord, je me présente, cher monsieur William. Je suis l'inspecteur Delaroche. Je travaille avec le commissaire Louvier. Vous connaissez Louvier ?

— Non, répondit Ezechiel. Pourquoi ? Je devrais le connaitre ?

— Vous pointiez au R.G jusqu'à l'époque où Bertrand Louvier est arrivé ici. Il était encore stagiaire. Son nom ne vous dit rien ?

— Absolument rien. J'étais en contact avec le commissaire Marcel Bonnet. Et j'ai quitté les RG cette année-là.

— Je comprends. Vous avez donc failli connaitre Louvier.

Delaroche posa son gobelet de café sur le bureau. Il l'avait à peine entamé et n'avait pas l'intention de finir cet infâme brouet. Son regard se planta droit dans celui d'Ezechiel.

— Vous êtes presque un ancien de la maison. Hein ? On peut dire ça, non ?

— Borff ! Vous savez mieux que moi comment fonctionne le système, inspecteur. Les directeurs des RG possèdent une longévité de trois ans en moyenne. Les agents des RG restent parfois plus longtemps. Moi, je me suis aligné sur les directeurs. Trois ans. C'est exactement la durée de mes prestations au service de la noble institution. Pourtant, je ne me considère ni comme un flic ni comme un indic.

— OK, je vois. Vous n'êtes pas un ancien de la maison. Remarquez, personne ici ne vous en voudrait ! Cependant, je demeure persuadé que vous avez gardé de grandes oreilles et de grands yeux depuis cette époque.

— Vous savez, ce que l'on entend n'est pas toujours bon à être répété. Et ce que l'on voit n'a pas forcément vocation à être raconté.

— Vous semblez amer, William.

— Mon prénom est Ezechiel. Appelez-moi monsieur William ou Ezechiel, s'il vous plait, monsieur l'inspecteur.

— Vous semblez amer, Ezechiel.

— Amer est un bien grand mot. Disons plutôt que je me sens déçu. Les infos que je détenais sur un certain homme politique n'ont pas été exploitées. On m'a expliqué que je devais me comporter comme les trois singes. Alors j'ai fermé ma gueule, comme si je n'avais rien vu, ni entendu. Et j'ai quitté les RG. J'ai peut-être raté quelque chose avec votre Commissaire Louvier…

— Vous devez lire la presse. Vous savez qu'il se montre efficace… Ceci dit, on a toujours besoin d'hommes comme vous, pour le renseignement.

— Je croyais qu'on m'avait convoqué en tant que suspect ! ricana Ezechiel, en montrant ses larges dents. En fait, vous voulez que je vous tuyaute ?

— Vous avez été convoqué ici à double titre, monsieur William. Suspect et informateur. Bourtin vous a questionné en tant que suspect…

— Et vous allez m'interroger en tant qu'informateur…

— Pas du tout. Je vais vous énoncer un certain nombre de questions. Sans préjuger de votre statut. Une première question : que faisiez-vous, dehors, la nuit de Noël à trois heures du matin ?

Ezechiel plissa les yeux comme un chat qui voit surgir un obstacle imprévu.

— L'inspecteur Bourtin m'a posé une question semblable, il y a moins de dix minutes. Ma version n'a pas changé depuis. Je suppose que vous avez lu les mains courantes relatives aux contrôles d'identité dans le Passage ?

— Vous savez ce que je vais vous dire, William ? Oui, vous le savez, bien sûr. Ici, c'est moi qui pose les questions…

Ezechiel inspira profondément, comme s'il s'ennuyait ferme dans le bureau mal éclairé et mal aéré de Bourtin.

— Je suis allé diner chez un ami. Julien Ducastain. C'est un écrivain. Il habite au numéro 57. Nous avons passé la soirée ensemble. Nous avons mangé, bu quelques verres, regardé la télé. Beaucoup discuté aussi. Pas marrant d'être célibataire ou divorcé et seul un soir de Noël. Alors nous avons uni nos solitudes. Vers trois heures, je suis rentré. J'ai vu que quelque chose se passait au numéro 29. Des gars de chez vous m'ont contrôlé. Je n'avais pas mes papiers. Ils m'ont accompagné jusqu'à chez moi, au numéro 21. Ils ont constaté que j'étais en règle.

— Ducastain, dites-vous ? demanda Delaroche en prenant des notes.

— Oui, Ducastain. L'écrivain. Vous connaissez ? Il a pondu plusieurs bouquins. J'en ai lu un qui s'intitule…

— C'est bon ! Je vous remercie, Ezechiel. Vous me dispenserez un cours de littérature plus tard. Parlez-moi maintenant de ce que vous faisiez les jours des deux autres meurtres.

Bourtin crut utile d'intervenir. Comme s'il souhaitait protéger Ezechiel.

— J'ai déjà posé la question, Michel… Et monsieur William est un ancien des R.G.

Delaroche considéra un instant son inspecteur.

— OK. Mais je voudrais l'entendre de mes oreilles.

Ezechiel fronça les sourcils et se pencha en souriant vers Delaroche. Ce dernier releva l'étrange contraste entre la mine apparemment joyeuse de son suspect et la dureté de son regard.

— Je peux répéter tout cela. Ça ne me dérange pas. Le jour où Hoffman a été tué, je ne suis pas sorti. J'avais un rhume assez sévère. Je vais presque quotidiennement au café Saint-Martin. Le patron, Gilbert, a bien dû remarquer mon absence pendant quelques jours. La nuit où Menez a été raccourci, j'étais chez moi. Je dormais à l'heure du crime comme 90% des Français. Voilà, monsieur l'inspecteur.

Ezechiel souriait toujours. Et son regard était peu à peu passé de la haine à l'agacement. Puis de l'agacement à l'ironie. Il continua :

— Puis-je me permettre une question, monsieur l'inspecteur ? Même si je sais que ce n'est pas mon rôle…

Delaroche hocha la tête :

— Allez-y.

— Pourquoi m'avez-vous convoqué ?

— Nous avons établi une liste des personnes habitant le Passage. Et… Nous avons constaté. Enfin, j'ai constaté que vous aviez fait partie des R.G. A ce titre, vous détenez peut-être des infos…

— Ah ! Je comprends mieux ! Vous savez, inspecteur, je reste toujours très attentif à tout ce qui se déroule dans le quartier. Les choses empirent depuis quelque temps. D'abord ces personnes peu recommandables. Hoffman, trafiquant de drogue. Balducci ancien collabo. C'était déjà un peu glauque. Maintenant ces meurtres. On ne se sent plus du tout en sécurité.

— Et Fernando Menez ?

— Comment cela ?

— Oui, vous citez Hoffman, Balducci. Mais vous ne parlez pas de Fernando.

— Et Bien… C'est qu'il… Ezechiel tourna la tête dans tous les sens, comme s'il cherchait un repère dans l'espace du bureau. Puis il se gratta le crane, avant d'ajouter :

— Fernando… Incompréhensible. Un banal gardien de Passage. Qui pourrait penser qu'il avait quelque chose à se reprocher.

— Oui. Je me dis à peu près la même chose. Sauf que je suis persuadé que tous ces crimes sont liés. Quelqu'un s'érige en Justicier dans la Ville.

— Ah ! J'ai vu ce film il y a quelques années. Un très bon film. Charles Bronson…

— Comment savez-vous que Fourvier était un ancien collabo ? coupa Delaroche.

Ezechiel le regarda de haut avec étonnement.

— Mais… Je vous l'ai dit et vous êtes au courant, inspecteur, je suis un ancien des R.G. A ce titre j'ai eu accès à quelques dossiers. On m'a demandé de suivre certains personnages de l'arrondissement…

Delaroche continuait à prendre quelques notes. Un silence s'installa dans le bureau. Au bout de trente secondes, Michel ferma son carnet, releva la tête et déclara simplement :

— Bourtin, vous avez dit tout à l'heure que c'était terminé avec monsieur William. Pour moi aussi, ce sera tout… Pour le moment…

Bourtin adressa un sourire un peu niais à Ezechiel.

— C'est bon, monsieur William. Vous pouvez rentrer chez vous.

Ezechiel se leva lentement, s'étira comme s'il sortait d'une sieste et se dirigea vers la porte. Avant de quitter la pièce, il indiqua d'une voix grave :

— Au revoir messieurs. Je vous souhaite une bonne journée. Et soyez certains que si j'apprends quelque chose, vous serez les premiers informés. R.G un jour, R.G. toujours…Hé ! Hé ! Hé !

Puis il sortit, sa longue silhouette se dessina le long des vitres translucides du bureau et disparut quelques instants plus tard. Delaroche demeura songeur. D'abord, il se dit que Bourtin était un brave type. Toutefois, en ce qui concernait les investigations, il n'apportait rien au service. Il conviendrait de le confiner dans des missions de surveillance, de recherche. Il se promit de demander à Louvier de trouver quelqu'un d'autre, pour les interrogatoires d'affaires sérieuses.

— Qu'en pensez-vous, Bourtin ?

— Bof… Ce type est bizarre…

— Mais encore ?

— Je crois qu'il a un grain. Pourtant je l'imagine mal lié aux meurtres. Par contre, il peut sans doute nous être utile. Il connait le secteur. Il nous donnera des infos, s'il en a…

Delaroche ne répondit pas. Il songea simplement :

— Pas d'accord avec toi, Bourtin. Effectivement ce type est fêlé. Ça se lit dans son regard, dans ses attitudes. Moi, je le vois bien lié aux meurtres.

Pour l'instant je n'ai rien de concret. Mais je pense qu'il faut creuser un peu le sujet…

— Je vérifie ses alibis, Inspecteur ?

— Oui, Bourtin. Excellente idée. Vous examinez tout ça et vous me tenez au courant…

*

Ezechiel rentra assez satisfait de son séjour chez les flics. Intuitivement, il sentait qu'il avait pris l'ascendant sur cet inspecteur Bourtin. Par contre, l'inspecteur Delaroche lui était apparu un peu plus malin. Voire plus intelligent. Il suffira de s'en méfier, c'est tout…

Il était sorti du commissariat et avait marché quelques minutes, avant de regagner le 21 passage Richelieu. Il avait appelé Julien depuis une cabine.

— Viens boire un verre, pour l'apéritif, ce soir. Je te montrerai où j'habite. Je te préviens, c'est un appartement de célibataire endurci. Il ne faudra pas jouer à la chochotte si tout n'est pas rangé impeccablement...

Ducastain avait accepté l'invitation. Ezechiel se sentait totalement lucide. Comme si tous ses sens étaient devenus plus réceptifs, plus attentifs au monde qui l'entourait. Il regagna le Passage. Il s'arrêta devant l'immeuble à façade étroite dans lequel il vivait seul. Il entra et referma à double tour la porte derrière lui.

L'escalier lui parut soudain pauvrement tapissé. Il n'y avait jamais vraiment prêté intérêt. Tout en grimpant jusqu'à son salon, il se dit qu'il devrait prévoir un petit coup de neuf. Il avait des amis maintenant… Enfin, il possédait un ami. Cela justifiait de réaliser quelques travaux de rénovation.

Il entra, sans allumer. La pièce était sombre, vaguement éclairée par un jour gris, filtrant à travers la verrière de la galerie. Les fantômes de tous ceux dont il venait de broyer l'existence auraient pu se presser dans la salle.

Mais William ne croyait pas aux revenants. Il passa machinalement son doigt le long de la table d'acajou. Elle était couverte de poussière. Là aussi, un nettoyage s'imposait…

Il s'allongea sur le canapé et alluma un énorme cigare. Il resta une demi-heure à fumer en tirant de grandes bouffées. Puis la sonnette tinta. Ezechiel descendit l'escalier, pour aller ouvrir :

— Entre, mon bon Julien, dit-il, en refermant la porte derrière le visiteur. Allons là-haut. J'ai plein de choses nouvelles à te raconter !

— Ah ! Que se passe-t-il ?

— Attends que nous soyons installés. Je vais nous servir un petit Bourbon et je vais t'expliquer tout cela…

Ezechiel saisit une bouteille de Tennessee Whiskey et remplit deux verres presque à ras bord. Puis, il lança en riant :

— Je pressens ce que tu vas me dire, Julien : *c'est trop ! Je ne pourrai pas absorber tout cela !* Ne t'inquiète pas. Tu bois ce que tu veux. Je ne me vexerai pas… Maintenant, devine ce qui m'est arrivé cet après-midi ?

— Je ne sais pas… Tu as rencontré quelqu'un. Quelqu'un est venu te voir…

— Tu brules, Julien ! Oui, on est venu me voir. Qui est venu ? That is the question !

— Quelqu'un que tu connais ? Une personne de ta famille, peut-être.

— La, tu te refroidis, mon bon Julien. Allez, fais un petit effort d'imagination. Qui peut s'intéresser à Ezechiel William, en ce moment ?

— Je ne trouve pas… Euh… un voisin, ou…un ami !

— Tu es glacé, gelé ! Ecoute, je ne vais pas te faire languir. Tu donnes ta langue au chat ?

Julien, d'un geste nonchalant de la main, annonça qu'il abandonnait.

— Les flics ! Les flics sont venus me cueillir, vers trois heures cet après-midi. Tu imagines cela !

— Quoi ! La police. Mais que voulaient-ils ?

— Ils m'ont amené au commissariat du 2e arrondissement. Et ils m'ont laissé mariner pendant presque une heure. Assis entre deux poivrots qui puaient la vinasse et la sueur rance. Ensuite, un certain inspecteur Bourtin m'a fait entrer dans son bureau. Il m'a posé des questions. Beaucoup de questions. C'était assez désordonné. Il ne semblait pas y avoir de fil directeur. Aucune piste. Rien. Alors il s'est lancé dans un interrogatoire banal. Il voulait notamment mon emploi du temps pour les jours de chaque meurtre.

— Et alors ?

— Quelle étrange sensation ! Une sorte de pitié. Oui, c'est cela. J'ai eu presque pitié de ce flic stupide qui ne posait pas les bonnes questions. Par moment, j'ai lu une espèce de peur ou au moins d'inquiétude, dans ses yeux. Un genre de désarroi. Ce malheureux Bourtin me regardait comme s'il s'adressait à un demeuré, à un type perturbé mentalement ! Comme si j'allais me jeter sur lui et l'étrangler. Tu imagines cela : meurtre en plein commissariat ! Ça ferait la une de toute la presse.

Ezechiel s'arrêta de parler un instant pour avaler une nouvelle gorgée de whiskey. Ducastain l'observait ébahi et inquiet.

— Je n'ai pas l'air de t'intéresser, Julien…

— Si, si. Au contraire, je t'écoute attentivement. C'est juste que je m'angoisse un peu pour la suite de l'histoire.

— Ah oui, où en étais-je ? En fait il s'agissait d'un interrogatoire, comment dire… mou, sans énergie, comme un ressort détendu ! De temps à autre, ce pauvre mec jetait en arrière un regard inquiet, par-dessus son épaule. Comme si c'était lui le suspect. Je lui ai répondu calmement, mais fermement. Pour le soir d'Hoffman, j'ai fait semblant de chercher dans ma mémoire. Je lui ai demandé de me montrer un calendrier. Et je lui ai tout à coup annoncé que je me trouvais chez moi avec un vilain rhume. Je n'étais pas sorti de la journée. Je lui ai dit qu'il pouvait le vérifier auprès des voisins et des commerçants. En particulier, au Saint-Martin, où je vais régulièrement boire un verre. Le patron se souviendrait certainement ne pas m'avoir vu pendant deux ou trois jours. Pour Fernando, je dormais comme un bienheureux dans mon lit. Enfin le soir de Noël, j'étais chez mon ami, Julien !

— Tu lui as dit cela ? Alors ils vont m'interroger ? demanda Julien d'une voix où perçait l'angoisse.

— Calme-toi ! Les poulets vont bien sûr vérifier mes alibis. Ils iront faire un tour au Saint-Martin. Monsieur Gilbert se souviendra certainement de mon absence. Je lui ai parlé de ma maladie quand je suis revenu. Je lui ai dit que j'avais eu de la fièvre et que j'étais resté au lit pendant quelques jours. Ils vont te convoquer, ou venir à ton domicile. Je leur ai déjà soufflé que nous sommes de bons amis. Tu leur confirmeras la vérité : nous avons diné tous deux chez toi, le soir de Noël. Point final.

— Ils t'ont laissé repartir ?

— Pas tout de suite. Un autre inspecteur est entré. Plus jeune que Bourtin. Un dénommé Laroche, je crois. Ou quelque chose comme cela. J'ai immédiatement vu qu'il était plus malin que son collègue…

— Ecoute-moi, Ezechiel. Je suis persuadé que la police va me convoquer ou venir pour m'interroger. La situation devient délicate. Naturellement, tu peux avoir confiance. Je leur dirai ce dont nous avons convenu. Cependant, mets-toi à ma place…

— Je n'ai pas envie d'être à ta place, ricana Ezechiel. D'abord, je n'ai pas envie d'écrire. Enfin… Sauf quelques lettres à mon père… Et puis surtout, tu n'agis pas ! Tu penses. Tu réfléchis. Tu analyses. Mais tout se passe dans ta tête et sur des pages de livres. Ton monde demeure imaginaire. Le mien est bien réel. Tu comprends ?

— Moi non plus, je n'ai pas envie d'être à ta place. Après tout le tueur, c'est toi. Moi, je n'ai commis aucun crime. Rien d'autre que de t'écouter et de ne répéter à personne ce que tu me racontes. Réfléchis bien à ceci : si tu n'as pas confiance en moi, il existe une solution très simple : tu ne me parles plus de tes crimes.

Ezechiel parut contrarié. Une ride profonde barrait son front. Puis son visage s'éclaira.

— Hum ! Je vais t'annoncer une bonne nouvelle, Julien. Une excellente nouvelle. J'ai pratiquement terminé mon travail de purification du Passage...

Jacqueline Girard était dans sa cuisine. Comme tous les jours, elle préparait le déjeuner de son fils, Paul. Ce dernier était cadre dans une grande banque. Le siège de l'établissement financier se situait à proximité du Passage Richelieu où Jacqueline habitait depuis sa naissance.

A 12 h 30 très précises, Paul Girard quittait son bureau. Il marchait tranquillement pendant une centaine de mètres. Puis il traversait la rue du 4 Septembre. A 12 h 37, il arrivait, sans se presser, au pied de l'immeuble. Il possédait un jeu de clés et ouvrait la porte. Sa mère l'attendait au premier.

Paul entrait, ôtait son manteau ou sa veste, selon la saison. Il se lavait les mains dans le cabinet de toilette. Il se rafraichissait le visage et s'essuyait méthodiquement. Il repeignait ses cheveux et rajustait sa cravate. Avec un léger sourire aux lèvres, il rejoignait Jacqueline dans la cuisine. Il embrassait sa mère sur le front. Enfin, Paul s'asseyait et observait attentivement les plats que Maman Girard lui avait préparés. Ensuite, il mangeait tout en regardant la télé, sous l'œil approbateur de Jacqueline.

La mère et le fils parlaient en général très peu, échangeant quelques banalités et les conseils habituels : « Il fait froid aujourd'hui, Paul. Pense à mettre ton écharpe en repartant. » ou encore « Tu es certain de dormir suffisamment, la nuit ? Je te trouve un peu pâle ces temps-ci ». Paul répondait par des phrases courtes ou des grognements. Le rituel demeurait quasiment immuable. Les absences, les retards de Paul étaient très rares et constituaient de véritables évènements…

Or, au mois d'octobre 1987, à plusieurs reprises, Paul n'était pas venu déjeuner. Lui, si peu loquace habituellement, s'était ouvert à sa mère de la situation :

— Mapka est au bord de la faillite, maman. La société doit assumer de lourds engagements vis-à-vis de la Banque. Je suis en charge du dossier. Si nous voulons récupérer une partie de nos billes, il n'y a pas trente-six solutions. Mapka doit se restructurer. Cela passe par des licenciements en grand nombre.

— Des licenciements ? Combien ? demanda Jacqueline.

— Plus de huit cents. L'idéal consisterai à renvoyer un millier de personnes au moins. Le Conseil d'Administration est constitué, presque en totalité, de membres de la famille Mapka. Ils ont du mal à accepter la réalité. Ils pensent pouvoir limiter la casse avec des départs en préretraite, des départs volontaires, des reclassements. Mais tout cela prend du temps… Et le temps pour la banque, c'est de l'argent.

— Et c'est à toi que revient cette mission ?

— Absolument ! La haute direction compte sur moi. Je suis chargé de contraindre les associés à accepter le dépôt de bilan et la mise en redressement judiciaire. Il sera alors facile de proposer un plan de continuation, dans lequel on aura coupé les branches mortes. C'est-à-dire un millier d'emplois.

— C'est terrible ! lança Jacqueline en levant les bras au ciel.

— Comment cela ? demanda Paul.

— C'est terrible pour toi, Paul ! Tu dois réaliser ce travail. C'est une énorme responsabilité. Je comprends mieux tes absences. Tu manges bien chez toi, le soir, au moins ?

— Oui, oui, maman. Ne t'inquiète pas.

L'affaire avait finalement été rondement menée. Paul avait fixé un ultimatum aux actionnaires. Soit Mapka déposait le bilan sous huit jours et licenciait le plus rapidement possible un millier de ses salariés. Soit la Banque demandait au tribunal la liquidation judiciaire.

Trois jours plus tard, Mapka avait déposé le bilan. Paul avait reçu les félicitations de son Directeur. On avait apprécié en haut lieu son énergie et la manière dont il avait imposé le point de vue de la Banque. Désormais, il était responsable de tous les dossiers du même type. Une substantielle augmentation de salaire lui avait été offerte. Une prime exceptionnelle « Mapka » lui avait été versée.

Jacqueline Girard se sentait à la fois heureuse et inquiète. Heureuse de la réussite de son fils. Et inquiète, car elle craignait que Paul ne vienne plus la voir tous les jours. Ses angoisses s'étaient vite révélées sans fondement. Paul venait chez elle quotidiennement. Et toujours à l'heure.

En effet, quelles que soient les circonstances, à 12 h 25 précises, il fermait ses dossiers. S'il se trouvait en réunion, il annonçait « Mesdames, messieurs, nous allons faire une pause. Je vous propose une interruption de séance. Nous reprendrons à 14 heures. Merci ». Et Paul se rendait au 44 passage Richelieu, où Jacqueline l'attendait.

Le mardi 29 décembre 1987, Jacqueline Girard avait préparé un coquelet rôti. Elle l'accompagnait d'une jardinière de légumes. Tout était préparé pour l'arrivée de son fils bien-aimé. A 12 h 37, elle entendit comme un claquement dans le Passage. Elle n'y prêta guère attention et sortit la volaille de la cocotte. Jacqueline savait que Paul serait là dans moins d'une minute.

A 12 h 40, Jacqueline regarda sa montre, vérifia sa pendule. Elles marquaient toutes les deux la même heure…

A 12 h 41, Jacqueline perçut des bruits de voix et une sorte de rumeur venant du Passage. Elle alla à la fenêtre. Stupéfaction ! Un homme était étendu, face contre terre, juste devant chez elle. Il baignait dans une mare de sang. Des badauds et des voisins, des commerçants, entouraient la victime. Jacqueline discernait assez mal le corps. Elle fit le lien avec le claquement sec qu'elle avait entendu quelques minutes plus tôt. Elle se dit que ce bruit devait être celui d'un coup de feu. Elle demeura quelques instants immobile, interloquée par ce qu'elle voyait. Son regard se porta plus loin dans le Passage. Elle songeait :

— Mon Dieu ! Paul va arriver dans quelques instants. Il va être confronté à cette scène horrible. Ce n'est pas le moment pour lui d'être perturbé, avec sa promotion professionnelle et le travail que cela induit. Je vais descendre pour qu'il ne reste pas trop longtemps devant ce triste spectacle.

Jacqueline s'apprêtait à aller en bas lorsque son regard se porta à nouveau sur l'individu étalé face contre terre. La victime était vêtue d'un manteau bleu marine, comme Paul… Ses cheveux étaient brun-roux, comme Paul. Son écharpe, ses chaussures, sa silhouette... Jacqueline poussa un cri ! Elle venait tout à coup de réaliser que l'homme étendu à terre était son fils, Paul !

Ses jambes se dérobèrent sous elle. Elle tomba en syncope…

*

Lorsqu'elle s'éveilla, Jacqueline aperçut un visage inconnu penché vers elle. Deux pompiers l'accompagnaient. Derrière eux… Louvier.

— Elle revient à elle, annonça le médecin. Vous m'entendez, madame ?

— Oui, répondit-elle faiblement. Soudain, elle se souvint de la scène, juste avant son malaise. Paul ! Où est Paul !

— Vous êtes bien madame Girard ? demanda le médecin.

Jacqueline répondit oui d'un signe de la tête. Ses yeux scrutaient la pièce. Elle fixait son regard successivement sur tous ces visages inconnus.

— Comment va Paul ?

— J'ai une très mauvaise nouvelle, madame Girard. Je dois malheureusement vous le dire… Votre fils a été assassiné…

La femme poussa un léger cri, posa sa main devant sa bouche et se mit à sangloter.

— Non ! C'est impossible ! Qui aurait pu vouloir du mal à Paul ? Vous devez vous tromper. Oui, c'est cela. Vous vous méprenez. Ce n'est pas lui. C'est quelqu'un qui lui ressemble. Mais ce n'est pas… Paul !

— Hélas, madame Girard. Je dois vous confirmer ce que le médecin vient de vous annoncer. Permettez-moi de me présenter. Je suis le commissaire Louvier. Nous avons identifié votre fils grâce à ses papiers. Et plusieurs voisins l'ont reconnu. Vous devrez également l'identifier… Plus tard…

— Pourquoi plus tard ! Je veux le voir maintenant. Vous m'entendez, maintenant !

— Je ne crois pas que ce soit une bonne idée, madame. Votre fils a été touché par une balle au niveau de la tête. Il vaut mieux que vous le voyiez plus tard. Les légistes vont d'abord accomplir leur travail. Ensuite, vous pour pourrez dire au revoir à Paul. Vous garderez une meilleure image de lui.

— Que voulez-vous dire ?

— Je veux dire qu'une balle peut faire du dégât sur un visage. Vous n'avez surement pas envie de découvrir votre fils défiguré par l'impact… Ne m'en veuillez pas de vous parler aussi crument. Ce que je dis est la vérité. Et c'est également dans votre intérêt. Croyez-moi.

— Que va-t-il se passer maintenant ? demanda Jacqueline, la figure hagarde.

Le médecin reprit la parole :

— Nous allons vous transporter à l'hôpital, madame. Vous avez besoin de calme. Vous avez besoin que l'on vous soigne. Vous avez subi un choc terrible. Des personnes de votre famille pourraient-elles venir vous voir ? Nous les appellerons, si vous le souhaitez. Ensuite lorsque vous serez rétablie, le Commissaire Louvier pourra vous entendre et faire un point avec vous.

— S'il vous plaît, toubib, puis-je parler encore une minute avec madame Girard ? Rien qu'une minute ? C'est important demanda Bertrand.

Le médecin grimaça et afficha une moue dubitative. Il réfléchit un instant.

— Une minute. Une minute maximum, commissaire.

Louvier se pencha vers la femme. Il pouvait observer ses yeux bleus remplis de frayeur et de stupéfaction. Ses pupilles étaient dilatées et des tics nerveux agitaient ses paupières. Louvier connaissait bien ces signes de désarroi. Il les avait aperçus des centaines de fois sur les visages de victimes ou de proches de victimes au long de sa carrière.

Il s'était habitué à la vue des cadavres et des scènes de crimes parfois très dures. Il s'était façonné une véritable carapace d'insensibilité lui permettant d'évoluer, sinon relax, tout au moins calmement, au milieu de l'horreur. Par contre, la douleur d'une mère ou d'un père, les pleurs des enfants, le stress des victimes le mettaient toujours très mal à l'aise. Il se sentait comme blessé dans son propre esprit…

— Merci, toubib. Pardonnez-moi, madame, je voudrais savoir une chose… Votre fils vous a-t-il dit quelque chose de particulier récemment ? L'aurait-on menacé ? Avait-il l'air préoccupé ou inquiet ?

— Mais non. Paul paraissait très heureux depuis sa promotion à la Banque. Il venait manger tous les midis ici. Je le sentais plutôt gai et détendu ces temps-ci. Qui aurait pu lui en vouloir ? Un si gentil garçon ! Celui qui l'a tué a dû se tromper de personne. C'est une terrifiante méprise…

— Paul déjeunait tous les midis chez vous ?

— Oui, tous les midis. Surtout depuis qu'il avait réglé le dossier Mapka… Vous en avez entendu parler ?

— Oui, j'ai lu cela dans la presse.

— Ce n'est quand même pas une vengeance. Ou alors quelqu'un qui aurait perdu son emploi et serait venu assassiner mon Paul chéri…

— C'est trop tôt pour émettre des hypothèses, madame. Vous le savez bien, nous allons faire le maximum pour retrouver le ou les coupables. Bon courage. Pensez à Paul. Il ne voudrait pas vous voir malheureuse… Soyez forte.

Louvier se redressa et redescendit dans le Passage.

*

Ezechiel avait tiré par deux fois. Cela avait suffi pour que Girard s'écroule. Puis en moins d'une minute, il avait rejoint le numéro 21. Il s'était glissé dans une chambre lui servant de débarras, au troisième étage.

Ezechiel était presque certain que personne ne l'avait vu. Le silencieux avait couvert le bruit des deux détonations. On aurait dit le claquement d'un marteau piqueur.

Il avait posé son P226 sur la table du salon. Il allait prendre soin du revolver avant de décider où le cacher. William s'était procuré cette arme chez un collectionneur. Ce dernier avait remplacé le canon externe d'origine, par un canon fileté. Ceci permettait de monter un silencieux. L'objectif était double : affaiblir le bruit et diminuer le recul.

A l'aller, de chez lui jusqu'à la terrasse du numéro 35, William avait rampé sur les toits, presque tout au long de son trajet, le visage couvert par une capuche. Puis il s'était installé au bord de la toiture, couché sur le zinc froid et humide. Il n'avait pas eu longtemps à attendre. Ayant observé sa cible depuis des semaines, il savait que Girard venait chez sa mère à 12 h 37. A la minute près.

Dès la fin de l'affaire « Mapka », Ezechiel avait placé le banquier sur sa liste noire. Ce destructeur de vies, ce briseur de familles devait payer. Il avait très vite repéré que Girard était un névrosé obsessionnel. Il attachait une extrême importance à la ponctualité. Ceci facilitait son élimination. Normalement, William avait prévu trois exécutions. L'épisode Fernando Menez avait rallongé sa liste. Au bout du compte, il se disait qu'il avait extirpé non pas trois, mais quatre chancres du Passage.

Son seul regret : avoir dû se séparer de ses deux sabres japonais, abandonnant le premier chez Fernando, par défi envers les flics. Il avait été obligé de détruire l'autre, le sabre de combats extérieurs. En effet, les deux armes étaient de même facture et cela aurait pu le compromettre, en cas de perquisition à son domicile. La mort dans l'âme, il avait donc brisé le second sabre, dans son atelier, au sous-sol du 21. Ensuite, il avait dispersé les morceaux dans différentes poubelles sur les grands boulevards et dans les rues adjacentes.

Il n'était pas question qu'il se sépare de son P226. L'arme lui paraissait trop belle, trop efficace pour être jetée. Il nettoya culasse, canon, tige, guide, ressort récupérateur, et carcasse. Il laissa le percuteur pour cette fois, car il n'avait pas beaucoup tiré.

Il projetait de dissimuler le revolver chez Julien. Il prévoyait donc d'aller chez Ducastain et d'y déposer l'arme. Ils trouveraient bien, ensemble, un endroit où cacher la pièce à conviction.

Un ami, ça sert aussi à cela…

*

Le quatrième meurtre n'avait surpris personne. Philippe Vanderbert n'avait même pas daigné provoquer une nouvelle réunion. Il avait simplement appelé Louvier. Il lui avait parlé d'un ton froid, presque glacial.

— Cette fois, Commissaire Louvier, on a grimpé une autre marche. D'abord un truand notoire, puis un concierge d'immeubles, un ancien collabo et maintenant un banquier respectable. J'espère que votre cinglé ne va pas s'attaquer aux pères de famille et pourquoi pas à des mères au foyer. Vous comprenez ce que je veux dire.

— Tout à fait, monsieur le directeur. Nous sommes tous mobilisés. Je considère que nous approchons du but. Il nous manque encore un ou deux éléments essentiels pour arrêter un suspect.

— Bon, je connais la musique, Louvier. Ce que vous me dites est exactement ce que j'ai annoncé au Ministre de l'Intérieur, ce matin. Il pense comme moi, il n'a pas cru un mot de ces balivernes. Et pourtant, lui non plus n'a pas le choix. Il compose ou plutôt, il improvise. Dans ce genre d'affaires, on a besoin d'un petit coup de pouce du destin. Je compte sur vous pour provoquer ce coup de pouce.

— Vous pouvez compter sur moi. Je vous rappelle dès demain, Monsieur le Directeur. Je vais… je vais agir à ma manière. Cela m'a souvent réussi.

— Je vous le souhaite, Louvier. Je nous le souhaite à tous. Passez une belle journée.

Louvier raccrocha en posant lentement le téléphone sur son socle. Il sentit une grande fatigue morale envahir ses pensées. C'est une situation qu'il connaissait bien. Dans les affaires complexes, arrivait un moment où tout le monde songeait à baisser les bras. Il s'en était toujours sorti de la même manière en utilisant les bonnes vieilles méthodes :

les planques pour obtenir un flagrant délit ou loger un fugitif, les indics et la rumeur des bars. Il avait fréquenté les salles de jeux, les boxons et tous les lieux où se croisent et se mêlent personnes apparemment les plus respectables et parfaits criminels. Sa décision était prise. Il allait dehors. Il sortit du Commissariat du 2e arrondissement. Il marcha jusqu'au Boulevard Poissonnière. Il n'avait annoncé à personne où il se rendait. Pourquoi partager des informations avant qu'elles n'existent ?

C'était sa manière de mener les enquêtes, une partie des cartes étalées sur le tapis, le reste de son jeu dans la manche. Il savait que cela lui avait valu des reproches, des rancunes. Il se disait qu'il n'avait aucune raison de perdre cette habitude de vieux flic solitaire. S'il apprenait quelque chose, il serait bien temps de le révéler à Delaroche ou à Vanderbert.

Bertrand arriva à la brasserie Dumont, à Richelieu-Drouot. Il avait passé un coup de fil, un quart d'heure plus tôt, pour vérifier que Pierre Guichard était de service. Bertrand alla s'asseoir à une table située dans un coin de l'établissement. Pierre vint presque aussitôt.

— Bonsoir, monsieur.

Par souci de discrétion, Pierre Guichard ne disait jamais « Commissaire », et il ne prononçait en aucun cas le nom de Louvier.

— Bonsoir Pierre. Comment va ?

— Plutôt bien. Les affaires sont assez calmes en ce moment. Beaucoup de gens en vacances. Par contre, je me suis laissé dire que vous n'êtes pas en manque de travail, ces jours-ci, à la P.J !

Louvier balaya la salle de la Brasserie du regard. Il y avait effectivement moins de monde que d'habitude. Bertrand savait que Pierre était une véritable encyclopédie : ragots, commérages, confidences, rumeurs, infos. Autrement dit, les éléments dont un flic a besoin pour avancer sur une affaire.

— Oui. C'est vrai, Pierre. J'ai de quoi m'occuper... Cependant, tu peux peut-être m'aider. Pour commencer, sers-moi un demi de bière allemande. Une bonne mousse allemande, blonde et charpentée.

— Et un demi d'ouverture…! lança Pierre avant de tourner les talons, comme un militaire subalterne quittant le bureau d'un officier. Guichard prononçait cette phrase quasiment à chaque fois qu'un client lui commandait une bière pression. Louvier sourit néanmoins en entendant cette blague éculée…

Lorsqu'il revint, portant son plateau, Pierre se planta devant Louvier. Il savait que le commissaire n'était pas venu uniquement pour l'écouter parler de ses aventures dans la Coloniale.

— Comment puis-je vous aider, monsieur Bertrand ?

Louvier poussa un long soupir en gonflant ses joues. Il pencha la tête sur le côté et lui demanda :

— Fais-moi plaisir, Pierre. Dis-moi que tu connaissais au moins un des quatre trucidés de la semaine écoulée... Fais-moi plaisir, s'il te plait.

Pierre fit semblant de réfléchir. Louvier sourit intérieurement. Il avait compris que Pierre allait lui donner quelque chose. Ce dernier faisait juste durer un peu le suspens. Pour le fun.

— Rappelez-moi, qui sont les quatre ?

Louvier répondit non de la tête et haussa un sourcil pour encourager Pierre.

— Oui. J'y pense tout à coup. J'en connais un. Le collabo. Balducci alias Fourvier. C'était un habitué. Il venait là presque tous les jours.

—Ah ! C'est intéressant. Tu as une petite idée de ce qui a pu arriver ? Qui a pu le buter ?

— Ma foi, un ancien collabo qui échappe aux purges d'après-guerre, qui revient en France quelque temps plus tard. Et qui mène ensuite une vie peinarde avant de se faire flinguer pendant une série de meurtres, c'est peu banal.

— Ouais ! Mais encore…

— Et bien, cela signifie que quelqu'un lui en voulait. Pour une raison ou pour une autre. En tout cas, Balducci est venu ici, la veille de son assassinat.

Pierre s'interrompit un instant. Il regarda en direction de la caissière. Elle semblait occupée à relire ses tickets. Il avait un peu de temps pour continuer la conversation.

— Vous savez, monsieur Bertrand, reprit-il à mi-voix. Vous savez que je possède une mémoire très sélective. Parfois, il m'arrive, comme tout le monde, d'oublier où j'ai posé mes clés. Ou bien d'acheter du sucre ou du café. Toutefois, il existe un endroit où tout change ! C'est ici même, dans la Brasserie. J'enregistre tout ! Comme un magnétoscope. Les noms, les prénoms, les visages, les paroles, les habitudes de tous les clients.

Pierre jeta un nouveau regard vers la caisse. La vieille avait levé la tête et semblait surveiller les garçons.

— Excusez-moi, monsieur Bertrand, je reviens, dit-il à Louvier.

— OK ! Je vais boire ma bière avant qu'elle ne tiédisse…

Pierre alla servir une table autour de laquelle trois jeunes femmes s'étaient assises. Elles poussaient de grands éclats de rire après chacune de leurs phrases. Louvier se rembrunit. Il n'avait pas le cœur à se marrer.

Il se demanda tout à coup depuis combien de temps il n'avait pas rigolé… Il eut beau chercher dans les semaines précédentes des instants de gaité, il n'en trouva pas. Il avala la moitié de son verre. Un peu de mousse lui resta sur les lèvres. « De quoi pourrais-je bien rire ? » s'interrogeait-il encore, lorsque Guichard revint.

— Je vous le dis, monsieur Bertrand. Une mémoire éléphantesque. Tout est là-dedans !

Pierre se frappa le front avec le poing, avant d'ajouter :

— Balducci est venu ici en septembre. Un jour tout à fait banal. Sauf que, ce jour-là, j'ai parlé avec un consommateur. Je lui ai confié le fait que Balducci était un ancien collabo, ayant fait déporter des juifs et des résistants. Il est assez rare que je dévoile ainsi les petits secrets de ma clientèle. En général je ne discute pas d'un habitué avec un autre habitué. Question de principe. Vous comprenez… Bref, c'est la première fois depuis des années que j'ai évoqué le passé de Balducci. Et depuis je n'en ai parlé à personne.

— Qui était ce client ? Quelqu'un que tu connais ?

— Ezechiel ! Je ne connais que son prénom, pas son nom. C'est un type assez costaud. Plutôt taciturne. Il vient de temps en temps ici, à peu près une fois ou deux par semaine. Il m'a dit qu'il habitait le Passage Richelieu et …

— Attends, attends coupa Louvier. Ezechiel, c'est cela ? Ezechiel… Nous avons convoqué un certain Ezechiel William, vendredi dernier. C'est Bourtin et Delaroche, deux de mes inspecteurs qui l'ont reçu. Un grand type un peu grisonnant avec des yeux verts. L'air assez prétentieux. Un mec pas marrant…

— Oui, le gars avait effectivement les yeux verts et les cheveux poivre et sel. De toute façon, on ne doit pas dénombrer cinquante Ezechiel dans le Passage !

— Bon. Je résume : tu lui as parlé de Balducci. Tu lui as déclaré que c'était un ancien collabo. Ezechiel a-t-il réagi ? Il a dit quelque chose ?

— Il s'est énervé. Il a commencé à parler très fort, en annonçant que les crimes contre l'humanité ne sont jamais prescrits. Il considérait que Balducci devrait encore rendre des comptes si la Justice faisait son boulot. Je lui ai proposé de se calmer. Il est parti assez précipitamment. J'ai vu qu'il suivait Balducci avant de tourner au coin du Boulevard.

— Bon Dieu, c'est lui ! murmura Louvier.

— Pardon ? demanda Pierre.

— Rien, je disais que… je te remercie, Pierre. Cette info me semble précieuse. Tu ne racontes cela à personne, naturellement. Je crois que nous tenons une piste sérieuse !

— Vous savez, monsieur Bertrand, je fais sans cesse le maximum pour satisfaire mes clients !

Guichard ramassa la pièce de cinq francs que Louvier avait posée sur la soucoupe et repartit vers son service, en marchant avec une fierté et un contentement affiché. Louvier termina sa bière tranquillement. Les trois jeunes femmes riaient toujours de bon cœur. Louvier les regarda soudain avec une sorte de sympathie. C'est comme si un voile gris venait de se déchirer. Dans cette affaire, il n'avait jamais possédé d'éléments permettant d'identifier le tueur. Et voilà qu'une fois de plus, c'était une info collectée dans un bar qui lui fournissait une première voie de travail et d'investigation.

Bertrand tenait maintenant une piste. Ezechiel William. Le meurtrier venait de perdre son statut de prédateur ultime. Bertrand Louvier redevenait le chasseur, à nouveau au sommet de la chaine alimentaire. Sa proie : Ezechiel. Et ce dernier ne se doutait même pas que, désormais, il se trouvait dans la ligne de mire.

Le regard d'une des jeunes femmes croisa celui de Louvier. Il osa un sourire. La belle inconnue le lui rendit et reprit la conversation avec son amie. Louvier rota doucement, sans que cela se voie ou s'entende. Un rot de triple satisfaction.

Il rotait parce que la bière était bonne. Mais également, car qu'il avait retrouvé le goût du sourire. Le sien et celui d'une belle Parisienne. Il avait aussi repris confiance. L'espoir d'arrêter la série des crimes !

— J'arrive, Ezechiel, murmura-t-il en se levant, pour rentrer rue du Croissant, au commissariat du 2e arrondissement.

— Réunion immédiate ! Tout le monde dans le bureau 17 !

Une heure plus tôt, Louvier était sorti du Commissariat. Il avait marché un peu voûté, replié sur lui-même, les mains profondément enfoncées dans les poches de son antique pardessus. Son visage reflétait une forme d'inquiétude.

Maintenant, il rentrait, droit comme un i, presque triomphant. Toujours cette odeur de tabac refroidi, de boiseries vieillissantes et de parquet lavé au détergent. Personne ne prêtait plus attention à ces senteurs persistantes. C'était l'atmosphère normale d'un Commissariat construit au début du XXe siècle, et rénové une seule fois, dans les années 60…

Delaroche, Bourtin et Questan vinrent le rejoindre dans la pièce. Ils avaient l'air surpris de voir le chef aussi remonté. Le flegme de Louvier demeurait légendaire. Y compris dans les moments les plus délicats, Bertrand avait développé une forme de self-control. Ce calme impressionnait tous ceux qui travaillaient avec lui. Il était d'humeur égale. C'est-à-dire jamais de bonne humeur et jamais dans le démonstratif. Sa soudaine gaité apparaissait donc inhabituelle…

— Messieurs, j'ai besoin de vos lumières ! Je vous propose un deal. On sort de cette pièce seulement quand nous aurons identifié le coupable des quatre meurtres du Passage ! Ça vous convient ?

Les trois inspecteurs se regardèrent. Bourtin et Questan haussèrent les sourcils en affichant une mimique interloquée. Delaroche semblait moins surpris. Il souriait comme son chef. Il lança :

— OK pour ce deal !

— Excellent ! approuva Louvier. Vous voulez peut-être nous proposer quelque chose, pour démarrer la séance.

— Oui ! Tout à fait ! dit Delaroche en élargissant son sourire.

— Allez-y ! Eclairez-nous…

— Rassurez-vous, je ne vais pas vous donner un cours ou une resucée de ce que j'ai appris aux Etats-Unis lors de mon stage au FBI. Mais comme je travaille autant que possible selon leurs méthodes, permettez-moi de vous fournir quelques explications préalables, commissaire.

— Nous sommes tout ouïe, Michel… C'est vrai, nous vous écoutons attentivement !

Delaroche parut presque surpris de l'intérêt que lui accordait Louvier. D'habitude, ce dernier le rembarrait lorsqu'il faisait étalage de son savoir en matière de criminologie. Cette fois, Bertrand semblait sincèrement concerné.

— Je vais essayer de rester bref. Nous sommes tous d'accord : on a affaire à un tueur en série. Selon le Centre d'Analyse des Meurtriers en Série créé par le FBI, on dénombre quatre catégories de tueurs, dont deux peuvent s'appliquer à notre Justicier…

— C'est dans ce centre que vous avez réalisé votre fameux stage ? demanda Questan, en tapotant sur la table avec ses ongles.

— Exactement ! Première option, nous nous trouvons en présence d'un tueur en série proprement dit. Les Amerloques disent « serial killer ». C'est un mec qui assassine au moins trois personnes en des lieux et des moments différents. Les crimes sont espacés de quelques mois ou quelques années. Deuxième option : nous avons affaire à un tueur compulsif ou orgiaque, le « Spree Killer ». Ce dernier liquide aussi plusieurs victimes en des lieux distincts, mais cette fois dans un temps limité. De quelques heures à quelques jours.

— Nous rechercherions donc un… comment dites-vous ? Spi killer ?

— Spree killer. Oui. Notez quand même que dans cinq à dix pour cent des cas, le tueur est une tueuse. Ces dames sont moins nombreuses à postuler au titre, pourtant elles sont bien présentes !

— Les témoins ont plutôt parlé d'une silhouette d'homme, glissa Louvier.

— Exact. La force des coups portés aux malheureux Hoffman et Menez. La défenestration de Balducci. Tout nous confirme qu'on a, presque à coup sûr, affaire à un homme et non à une femme.

Delaroche attrapa un verre d'eau et en but lentement quelques gorgées. Comme s'il voulait savourer ce moment important, où il était enfin écouté.

— Maintenant que nous définissons notre tueur comme étant un spree killer…

— Dites, tueur en série ! S'il vous plaît, Delaroche ! Je n'aime pas trop ces termes anglo-saxons, demanda Louvier en levant une main devant son visage, comme pour se protéger.

— Oui. Va pour tueur en série. On peut identifier deux catégories de tueurs en série. Les meurtriers *organisés* et ceux qui sont…

— *Désorganisés* ! glissa Bourtin avec un large sourire.

— Laissez Delaroche finir sa démo ! dit Louvier sur le ton de la réprimande.

— Le problème avec notre lascar, c'est qu'il possède un double profil. Tenez. Par exemple les tueurs *organisés* planifient leurs crimes. Ils attachent leur victime, commettent des actes agressifs avant de l'éliminer. Ils se contrôlent pendant leur méfait. A l'inverse, les tueurs *désorganisés* vivent et travaillent près du lieu du délit. Ils laissent la scène en grand désordre, avec beaucoup d'indices. Et surtout, contrairement aux tueurs organisés, ils ne cachent pas le corps. Ils l'abandonnent bien en évidence.

— OK. Si j'ai bien compris, Delaroche, on compte deux types de profils. Comment agir quand le mec présente une double face, ce qui semble être le cas de notre Justicier ?

— L'affaire se complique. On doit réaliser un profilage. Les flics U.S ont pu distinguer deux éléments essentiels. Chaque criminel utilise un mode opératoire et une signature. On ne doit surtout pas confondre les deux notions. Ce sont deux choses indépendantes. Pour commencer, parlons du modus operandi…

— Delaroche ! Merde ! D'abord de l'anglais. Maintenant du latin. Epargnez-nous votre multilinguisme ! Bourtin et moi, nous sommes des flics de base… On ne possède pas votre culture encyclopédique !

Delaroche se rembrunit légèrement. Il était habitué à ce que Louvier lui lance, de temps à autre, des peaux de banane. Il avait assez d'humour pour en sourire. Pourtant, cette fois, il n'avait pas envie de s'amuser. L'affaire était sérieuse. Et il était urgent de trouver le coupable. Il reprit donc d'une voix dans laquelle perçait son agacement.

— Le mode opératoire est la méthode que le tueur utilise pour attaquer ses victimes. C'est aussi la façon dont il les choisit. La manière dont il les approche. C'est un acte conscient. On pourrait presque dire raisonnable. Par contre la signature demeure un acte inconscient. Le tueur ne peut s'empêcher de le commettre. Là, nous plongeons dans les tréfonds de l'âme humaine. Je vais partir du principe que notre meurtrier est un psychopathe. Les processus mentaux qui se mettent en œuvre constituent une sorte de rituel. La signification de ce rituel est connue de lui seul. Si même elle est connue… Car encore une fois, elle peut rester inconsciente. Pour notre assassin, si on se réfère à la lettre reçue par Vanderbert, c'est une prétendue soif d'ordre et de justice qui le motive. Il ne bute donc que si cela a un sens pour lui. C'est la condition de la satisfaction qu'il tire de l'acte de tuer.

— Vous voulez dire qu'il a modifié son mode opératoire à chaque occasion, dit Louvier. Une batte de baseball sur Hoffman attaché, un sabre sur Menez, une séance de torture suivie d'une défenestration sur Balducci et le coup du sniper sur Girard. Ça change à chaque fois. Ce qui ne bouge pas, c'est qu'il tue toujours afin d'être le Justicier du Passage Richelieu.

C'est ça qui le fait bander ! Il adore ce personnage de chevalier noir surgissant pour l'expiation des crimes...

— Oui, exactement. Je pense d'ailleurs que c'est quelqu'un de suffisamment intelligent pour modifier le mode opératoire, afin de brouiller les pistes. Cependant, il ne peut pas changer sa signature. C'est-à-dire qu'il ne tue que s'il peut justifier son acte par la défense de quelque cause d'intérêt supérieur. A ses yeux bien sûr...

— Bon. Tout ça, c'est bien joli. Mais où cela nous mène-t-il ?

— A la solution, répondit Delaroche avec un fin sourire.

Louvier prit un air étonné. Il croisa les bras et posa son index sur ses lèvres, en signe de profonde réflexion.

— Je ne vous suis pas bien, Delaroche. Et vous, Bourtin, vous voyez où cela nous conduit ?

— Non, Monsieur le Commissaire. Tout cela, c'est de la théorie. On peut raconter ce qu'on veut, une fois le criminel arrêté ou au moins identifié. Là, nous nageons dans le spéculatif, dans des généralités...

— Exactement les mots que je cherchais ! Mais laissons Delaroche terminer sa démo...

— Nous avons reçu plusieurs suspects. Il y en a un qui me semble posséder le profil.

— Un seul ?

— J'avoue qu'il n'a pas simplement le profil. Il affiche aussi l'arrogance de celui qui pense que nous ne sommes pas assez forts pour le démasquer. Vous saisissez ? Il est devenu Justicier parce que la police ne fait pas le job.

Louvier leva la main comme s'il demandait la parole en classe.

— Stop ! N'allez pas plus loin. J'ai compris, Delaroche. Je vous propose un jeu.

— Un jeu ?

— Oui. Vous suivez vos méthodes. J'ai les miennes. Vous pensez avoir identifié le tueur. Moi également…

— Comment ? Vous aussi ?

— Ne m'en veuillez pas, Delaroche. Je tourne dans le circuit depuis plus de vingt ans. Mon système, quoique différent du vôtre, est bien rôdé. J'ai appliqué mes règles et je considère posséder la solution. C'est pour cela que je vous propose ce petit jeu. Prenons chacun une feuille de papier et mettons noir sur blanc le nom de notre ami. Nous verrons bien si nous sommes en phase…

— Oui… Pourquoi pas… C'est un…

— Passez-moi un stylo, Bourtin. J'ai laissé le mien dans mon bureau.

Les deux hommes écrivirent chacun sur une feuille. Delaroche observait le commissaire à la dérobée. Il se demandait comment Louvier aurait pu trouver la solution. Bertrand donna le signal.

— A trois, vous montrez votre copie, Delaroche et je révèle la mienne. Un… Deux… Trois…

Bourtin regarda alternativement les deux feuilles et ne put se retenir de lire à haute voix :

— Ezechiel William !... Bon Dieu ! Mais je l'ai interrogé l'autre jour. Je n'ai rien vu qui puisse…

Louvier claqua ses mains et leva le pouce comme s'il venait de remporter un succès. Il lança :

— Ezechiel William ! Les grands esprits se rencontrent, messieurs ! Et maintenant, dites-moi tout, Delaroche. Pourquoi William ?

— Dès que j'ai aperçu ce type dans le bureau de Bourtin, j'ai eu…

— Une intuition ?

— Oui. J'ai senti que…

— On est loin de la Police scientifique, Delaroche ! Pas besoin d'aller en vacances au FBI pour avoir des intuitions.

— Essayez de me laisser terminer, commissaire…

— OK !

— Effectivement ce n'était qu'un pressentiment. Ce type me mettait mal à l'aise. On l'avait convoqué, car il fallait bien faire défiler du monde et donner satisfaction à Vanderbert. Et aussi parce qu'il avait fait partie des R.G. C'était quelqu'un qui se sentait prêt à surveiller, à espionner ses proches, ses voisins, ses relations ou même des inconnus. Tout cela pour fournir des infos aux flics. Un mec qui pourrait être précieux. Mais qui a arrêté un jour. Subitement. Pourquoi ? Je suis donc allé me renseigner sur lui.

— Vous renseigner ? Où cela ? demanda Bourtin.

— Bien évidemment aux R.G. ! Il avait une fiche comme tout le monde. Un dossier. Je l'ai consulté. C'était comme si je lisais dans un livre ouvert. Ce William est un cas d'école.

— Qu'est-ce que vous avez trouvé ? interrogea Louvier en fronçant les sourcils. Le Commissaire avait eu l'intention d'effectuer la même démarche. Cependant il avait remis ses recherches au lendemain. Préférant aller, d'abord, voir Pierre à la Brasserie Dumont.

— Ezechiel William, comme beaucoup de tueurs, a connu une jeunesse difficile. Il a vécu une partie de son adolescence en Bretagne, à Lesconil exactement. Son père, Nathan William, était veuf. Il était membre d'une secte religieuse aujourd'hui disparue. Les Disciples de l'Ere Nouvelle. Il a entrainé son fils dans le giron de la secte. La congrégation prônait l'abstinence, la morale la plus stricte et l'autopunition. Le groupe était placé sous surveillance. Toutefois aucun de ses adhérents n'a jamais été arrêté ni même associé à des troubles à l'ordre public. A part le jeune Ezechiel ! Il représentait l'exception. Il a fait quelques entorses aux préceptes dictés par son père ! On a des mains courantes, suite à de nombreuses bagarres auxquelles il était mêlé. Il sévissait dans des bars ou des discothèques de la région. Ensuite, il part au service militaire en Algérie. Il est intégré à la dixième division du général Massu. Durant la bataille d'Alger, il craque sévèrement. Il devient extrêmement violent et instable. D'abord emprisonné, il est vu par des psychiatres de l'armée. Ils l'ont diagnostiqué comme héboïdophrène.

Louvier leva les yeux vers le plafond comme s'il cherchait un souvenir dans sa mémoire.

— Ça existe ce machin ? Jamais entendu parler.

— Oui. Tout à fait. L'héboïdophrénie constitue une psychopathologie du groupe des schizophrénies. On dit parfois que c'est une pseudo-psychopathie. Mais il n'empêche que c'est une maladie très, très dangereuse pour la société. Une pathologie criminogène ! Le passage à l'acte est très fréquent.

— On peut dire que le père Ezechiel est vraiment passé à l'acte dans le Passage, ricana Questan.

— C'est moyennement drôle ! lança Louvier.

— L'héboïdophrénie comporte souvent des périodes de stabilité. La décompensation se révèle alors violente et accompagnée de délires hallucinatoires, reprit Delaroche. On peut dire qu'il existe un faisceau d'indices nous conduisant tout droit vers Ezechiel William…

Louvier regarda longuement son inspecteur en hochant la tête pour marquer sa satisfaction. Puis, il se gratta le lobe de l'oreille avant de dire :

— Vous vous en rendez compte, Delaroche ? Quel boulot vous avez abattu ! Vous êtes allé aux States. Vous avez suivi un stage. On le sent bien, vous devez passer vos loisirs dans la lecture d'ouvrage de criminologie et de psychiatrie. Vous avez noué des contacts aux R.G. Vous avez exploré la mémoire des fiches de la vénérable institution. Vous avez cogité. Et Dieu merci, vous êtes sans doute récompensé. Vous tenez le coupable. Bravo !… Vous m'offrez une cigarette, Bourtin ?

— Euh… Oui, commissaire. En fait, je croyais que vous aviez arrêté de fumer.

— C'est exact ! Cependant, j'ai décidé de reprendre aujourd'hui. Juste pour le fun. Qu'est-ce que vous fumez ?

Bourtin sortit son paquet et proposa une Winston à son patron. Bertrand l'alluma avec un briquet qui trainait sur la table. Il tira une interminable bouffée, qu'il garda longtemps dans les poumons avant de souffler.

— Merde ! J'avais oublié que c'était aussi bon. Il ne faudra pas que j'y revienne trop souvent. Qu'est-ce que je disais ?

— Que je suis récompensé de mes efforts. Nous tenons le coupable…

— Je vous admire, Delaroche, s'écria Louvier en souriant. Les difficultés ne vous font pas peur. Vous employez la science et la raison pour triompher du Mal. C'est une approche qui vaut le coup. La preuve…

— Et vous, commissaire. Qu'est-ce qui vous a mis sur la piste d'Ezechiel ?

— Je suis allé boire une bière pression, à la Brasserie Dumont. Une bière allemande exactement. C'était il y a une heure de cela…

Delaroche écarta les mains en signe d'incompréhension.

— Une bière et… ?

— Et le serveur, Pierre Guichard, m'a fourni les infos dont j'avais besoin !

Louvier rapporta sa conversation avec le garçon de café, avant de conclure.

— Vous voyez, il y a la nouvelle école. C'est vous, Delaroche. C'est compliqué, long, tortueux, toutefois on y arrive. Et puis, il y a l'ancienne méthode : les indics, les planques, les donneuses, les balances, les flagrants délits, les confidences. Autrefois, on filait parfois, je dois le confesser, quelques baffes dans la gueule des menteurs. Mais aujourd'hui on ne frappe plus. N'empêche que ces méthodes basiques fonctionnaient à merveille. Il n'était pas nécessaire de fréquenter les grandes écoles, on n'allait pas compléter sa formation chez l'Oncle Sam ou à Scotland Yard. Il suffisait de posséder juste un peu de malice et d'avoir un brin de chance.

— Attendez ! dit Bourtin d'une voix presque inquiète. Vous parlez comme si William avait avoué les crimes. Pour l'instant ce sont des suppositions. On n'a rien contre lui. Je me trompe ?

— Non, c'est vrai, on n'a rien… pour le moment, Bourtin. Cependant, rassurez-vous. On va trouver… On va trouver… Mais je pense que Delaroche veut nous proposer quelque chose.

Delaroche reprit en regardant Bertrand avec un large sourire.

— Il faut découvrir un angle d'attaque. Un maillon faible dans ses alibis. Si Ezechiel est bien le tueur, cela signifie qu'il nous a menti. Son emploi du temps ne tient pas. A nous de démonter le système. Jadis, commissaire, vous auriez réglé cela en quarante-huit heures chrono. Ezechiel William menotté à un radiateur. Privé de sommeil. Vous-même, Bourtin, Questan et moi nous nous serions relayés, toutes les heures, pour lui poser cent fois les mêmes questions. Vous lui auriez braqué une lampe de bureau en pleine tronche. Pour le mettre à l'aise, on lui aurait tous soufflé la fumée de nos cigarettes dans les yeux. Naturellement, pour faire bonne mesure, il aurait reçu deux ou trois gifles de temps en temps, afin qu'il demeure attentif. Au final, il aurait tout déballé…

— Vous vous êtes trompés d'époque ! affirma Louvier en riant. C'est vrai qu'au bon vieux temps… laissez tomber. Nous avons eu déjà mille fois cette conversation. Revenons en 1987…

— Vous vous rappelez le témoignage de Viroulage à propos des dernières paroles de Balducci, demanda Delaroche.

— Oui… Mais… Vous avez raison. C'est maintenant évident. Balducci n'a pas dit « lequel » ou « laquelle », ni « pauvre fête ». Il ne

pouvait plus articuler. En réalité, il voulait dénoncer son bourreau :
« Ezechiel ». Ensuite il essayait de prononcer le mot « Prophète ». Le
Prophète Ezechiel. Si seulement il avait pu s'exprimer plus distinctement,
l'affaire serait déjà bouclée. Mais ne rêvons pas. Que proposez-vous
maintenant, Delaroche ?

— On l'a dit, nous devons démonter les alibis de William. Or
Ducastain représente le maillon faible, affirma Delaroche.

— Exact, confirma Louvier. En fait, Ducastain est l'unique alibi de
William. Il est le seul à avoir prétendu qu'il se trouvait en compagnie
d'Ezechiel à l'heure de l'un des crimes. Ce mec est peut-être sous influence.
On peut imaginer qu'Ezechiel l'a menacé, ou l'a convaincu de ne pas
parler.

— On le convoque ?

— Mieux que cela, on va aller le chercher, immédiatement. Questan et
Bourtin, allez me cueillir l'écrivain. On a besoin de lui pour le dernier
chapitre. Je m'occupe du mandat de comparution.

Ezechiel était assis à l'intérieur du bar *le Saint-Martin*. C'était contraire à ses habitudes. Il préférait s'installer en terrasse. On y voyait vivre le Passage. Ezechiel observait tous ces gens qui allaient et venaient.

Pendant longtemps, il avait été frappé de leur apparente nonchalance. Ils semblaient inconscients de tous les dangers qui les guettaient. Insouciants de toutes ces ombres qui hantaient le Passage et le transformaient en un lieu d'insécurité. Maintenant qu'il avait purifié le quartier, il éprouvait une sorte de fierté d'avoir mené à bien ce projet de salubrité publique.

Il faisait très froid. Un vent glacial soufflait sur Paris. Il s'engouffrait dans la galerie. Comme tous les autres consommateurs, William avait choisi de se réfugier dans l'établissement. Gilbert lui servit son habituel chocolat. Ezechiel se frotta les mains. Il était de plus en plus satisfait de son « œuvre ». Par moment, il aurait presque voulu se lever et crier :

— Ecoutez-moi bien ! C'est moi qui vous ai débarrassé de ces quatre salopards. Vous allez maintenant pouvoir vivre dans un Passage dont chacun pourra se sentir fier. Vous n'entendrez plus Hoffman troubler votre quiétude par les bruits venus de ses fêtes orgiaques. Il ne distribuera plus ses cochonneries à des gamins. Vos filles n'auront plus à craindre le prédateur sexuel qui se cachait sous l'aspect d'un honnête gardien d'immeuble. Vous ne parlerez plus à voix basse en croisant Balducci. Vous n'aurez plus la honte de faire partie d'un peuple qui n'a même pas poursuivi un complice de crimes contre l'humanité. Maintenant, quand un banquier voudra mettre à terre une entreprise et pousser de pauvres gens vers la misère, il se souviendra de l'infâme Girard. Il se remémorera surtout l'impitoyable sort que je réserve aux bouffeurs de vies.

Mais il ne pouvait se lâcher ainsi. Ce serait contre-productif. Il valait mieux rester tranquille, observer, surveiller et vérifier qu'aucun nouveau salopard ne venait s'installer ici. Dans quelques mois, il serait bien temps d'aller voir ce qui se passe dans les rues avoisinantes. Ezechiel se gardait le droit de « reprendre du service », d'étendre les terres de la Justice, de Sa Justice…

Pour l'instant, il avait besoin de repos. Il voulait goûter à sa nouvelle existence. Il avait d'ailleurs l'intention d'aller dire bonjour à Julien Ducastain, dès qu'il aurait terminé sa tasse de chocolat. Il prévoyait de lui proposer un week-end, quelque part dans le sud de la France. Peut-être en Espagne.

Ils partiraient dans quelques semaines, comme deux vieux compagnons complices et libres de jouir de la vie de célibataire. Il s'imaginait déjà attablé avec Julien, sur une terrasse dominant la mer, au soleil. Ils boiraient le verre de l'amitié. Ils se raconteraient l'histoire de leurs existences. Peut-être iraient-ils draguer au bord de la piscine. Une nouvelle jeunesse s'offrirait à eux…

Deux hommes passèrent devant le bar. Ezechiel reconnut tout de suite l'un d'entre eux : c'était Bourtin. L'inspecteur qui l'avait interrogé l'autre jour ! Celui qui l'accompagnait devait être un de ses collègues. Il quitta ses rêves pour replonger dans l'immédiate réalité. La police n'avait pas renoncé ! Louvier et Delaroche envoyaient leurs sbires pour défricher le terrain, peut-être explorer une nouvelle piste.

— Qu'est-ce que vous foutez-là ? songea Ezechiel. On ne vous a pas vu pendant des années. Et maintenant que le calme est rétabli, vous venez parader dans le Passage ! Rassurer le bourgeois ! Mais il n'a plus à s'inquiéter le bourgeois ! J'ai procédé au nettoyage… Où allez-vous comme cela ?… Bon Dieu ! Ils se dirigent droit chez Julien. Ils sonnent à sa porte… Il est descendu leur ouvrir. Il les fait entrer… Je rêve !

Ezechiel ne rêvait pas. Bourtin et Questan avaient effectivement sonné chez Ducastain.

— Bonjour, Monsieur Ducastain, avait dit Bourtin en présentant sa carte d'inspecteur de police. Nous désirons vous poser un certain nombre de questions. Vous allez nous suivre au commissariat, s'il vous plaît…

— Puis-je savoir pourquoi ?

— Ne vous inquiétez pas, nous voulons juste vous interroger, rien d'autre.

— A à quel sujet ?

— Ecoutez, Ducastain, je vous demande simplement de venir avec nous. On discutera là-bas. OK ?

— OK, OK… Bon, vous permettez que je mette quelque chose de chaud. Il fait plutôt frisquet.

— Allez-y. Vous pouvez prendre un manteau.

— Il est en haut, à l'étage.

— Nous vous suivons…

Une minute plus tard, Ezechiel vit son ami ressortir avec les deux flics ! Ils passèrent devant le bar en marchant assez rapidement.

— Putain ! Je parie qu'ils t'embarquent au commissariat. Ils vont te cuisiner. Tu es devenu leur cible. Ils savent qu'ils ne peuvent pas m'atteindre. Maintenant, tout repose sur toi. Ne joue pas au con, mon petit Julien. Rappelle-toi ce que je t'ai dit. Et montre-moi que tu es dans mon camp. Que tu es un véritable ami.

*

Ducastain se retrouva dans le bureau de Louvier. Il redoutait cet instant, depuis qu'il avait compris que les actes d'Ezechiel ne faisaient pas partie d'un jeu. Et encore moins d'un livre qui aurait pu sortir de son imagination. William était bel et bien un meurtrier. Et lui, Julien se révélait coupable de complaisance, voire de complicité à l'égard du tueur du Passage.

— Monsieur Ducastain. Je me présente. Je suis le commissaire Louvier. Voici l'inspecteur Delaroche et vous connaissez déjà Bourtin et Questan. Ils sont venus vous inviter pour notre petite rencontre !

Julien se rappela les paroles d'Ezechiel : demeurer muet. Rester calme. Ne pas devancer les questions. Juste y répondre posément. En disant la vérité. Pas *toute la vérité*. Mais *rien que la vérité…*

— Que pensez-vous de tout cela ? demanda Louvier.

— Euh… De quoi parlez-vous ? De mon arrestation ?

— Allons, monsieur Ducastain, vous n'êtes pas en état d'arrestation. Nous voulons juste vous entendre donner votre opinion, votre version des faits, nous aider en quelque sorte.

— A quel propos ? Vous évoquez la série de meurtres, j'imagine.

— Exactement. Avez-vous des infos à nous communiquer ? Un détail, quelque chose qui pourrait vous paraitre anodin, mais qui serait précieux pour nous.

— Laissez-moi réfléchir… Je connaissais de vue Hoffman. Je ne savais pas grand-chose de lui. La presse a dit que c'était un trafiquant de drogues. Je ne fréquente pas ce genre de milieu. Menez était un bon concierge. Je m'interroge sur qui aurait pu lui en vouloir. Balducci…

— Je ne vous demande pas de refaire l'historique des crimes, monsieur Ducastain. Nous désirons juste savoir si vous avez remarqué quelque chose ou quelqu'un, récemment. Un évènement ou un comportement inhabituel…

— Non ! Evidemment la vie du quartier s'est trouvée un peu bouleversée ces derniers jours. A part ces évènements tragiques, rien de particulier n'a attiré mon attention.

Soudain, Delaroche surgit dans le champ de vision de Ducastain.

— Nous connaissons l'identité du Tueur du passage, Ducastain. Et nous pensons que vous aussi, vous savez de qui je parle.

— Quoi ? Comment pourrais-je...?

— Vous êtes bien un ami de monsieur William ?

— Oui, répondit mollement Ducastain. Ami est un bien grand mot. Nous nous rencontrons depuis une quinzaine de jours. Nous nous retrouvons de temps en temps. Disons que c'est... je ne trouve pas le terme... Un copain, une relation cordiale naissante... Qu'est-ce qu'Ezechiel aurait à voir avec tout cela ?

— C'est très beau ce que vous nous décrivez. Une camaraderie nouvelle...vous êtes écrivain, je crois.

— Oui, je suis auteur de romans.

— J'ai lu tous vos livres ces derniers jours annonça Delaroche en retroussant les manches de sa chemise. Cela vous étonnera sans doute, mais depuis que William m'a parlé de vous, je me sens intrigué par votre personnalité. Parmi vos bouquins, l'un d'entre eux m'a particulièrement frappé. Je pense à celui qui s'intitule « Les Compagnons de la Liberté ». C'est amusant et... curieux comme titre, non ?

— Je ne vois pas ce que ce titre a de curieux ou d'amusant... Je parle effectivement de l'Amitié et de la Liberté dans ce livre.

— Oui. J'ai noté un paragraphe qui me semble fascinant. Vous écrivez : « Lorsque le hasard fait se rencontrer deux hommes, ils peuvent commencer à être proches par intérêt, par nécessité, par choix. Mais aussi par cette sorte de distinction aristocratique qui unit comme les *êtres exceptionnels, hors du commun.* » Vous vous rappelez ce paragraphe ?

— Oui, parfaitement, je...

— Alors, expliquez-moi pourquoi Ezechiel et vous-même êtes maintenant amis ?

— Je ne vais pas vous citer Montaigne, inspecteur. Pourtant j'ai envie de vous rétorquer : « Parce que c'était lui, parce que c'était moi »…

— Vous ne répondez pas à ma question. Je la reformule simplement : intérêt, nécessité, choix, élitisme. Pourquoi les êtres *hors du commun*, comme vous dites, sont-ils devenus amis ? Racontez-moi.

— Vous confondez mes livres et la réalité, inspecteur. Ce que j'écris n'est pas forcément l'expression de ma pensée. Un ouvrage de fiction reste subjectif… Pour ce qui concerne Ezechiel, c'est plutôt le hasard qui nous a fait sympathiser. Et puis nos solitudes respectives ont trouvé, à travers l'autre, le moyen de ne plus être seul. Vous savez, nous traversons une période difficile : Noël est un crève-cœur pour tous ceux qui ne possèdent pas de famille. De plus, le quartier est devenu un véritable coupe-gorge et personne n'a envie de rire en ce moment. On a juste besoin d'un peu de chaleur et de compréhension.

— Je veux que vous me racontiez, en détail, votre veillée de Noël, intervint Louvier en s'installant à moins d'un mètre de Ducastain.

Delaroche se retira au fond de la pièce. Les deux hommes jouaient chacun leur rôle sans éprouver la nécessité de se consulter.

— Le soir de Noël ? C'est simple, Ezechiel et moi sommes restés ensemble de… environ neuf heures jusqu'à trois heures du matin. C'est approximatif…

— Soyez plus précis, Ducastain. Faites un effort, exigea Louvier d'un ton irrité.

— J'avais dit à Ezechiel de venir à neuf heures. Je me souviens qu'il est arrivé… Oui, c'est cela, il est arrivé juste au début de l'émission de Drucker. Donc, il était neuf heures…

— Vous êtes resté ensemble toute la soirée ?

— Oui, naturellement. J'avais préparé des huitres, du foie gras, une bûche. Du classique. Nous avons mangé et bu un petit peu. Nous avons beaucoup discuté… et nous avons regardé la télé.

— Rien d'autre ?

— Ha ! Si ! Nous avons entendu des bruits et des voix dans le Passage vers… Je dirais 23 heures, peut-être un peu plus. Nous sommes allés à la fenêtre. La police… C'était peut-être vous ?... Enfin, je suppose que c'était vous… La police se trouvait sur place et on apercevait les gyrophares et beaucoup d'agitation. On voyait bien qu'il s'était produit quelque chose.

— Pourquoi n'êtes-vous pas descendus ?

Ducastain hésita un instant. Il cligna de l'un ses yeux, comme s'il butait sur cette question.

— Nous étions tranquillement installés. Je vous avoue que nous n'avons pas eu l'idée de sortir dans le froid. Et puis, après tout ce qui était précédemment arrivé dans le Passage, nous avons préféré rester sagement chez nous. Nous ne nous sommes même pas consultés sur ce point… Cela nous paraissait évident.

— William est reparti à trois heures ?

— Oui, environ. Mais vous êtes déjà au courant, commissaire, puisque vos hommes l'ont contrôlé, alors qu'il rentrait chez lui…

— Comment savez-vous cela ?

— C'est bien entendu Ezechiel qui m'a raconté cette anecdote, le lendemain.

— Hier, à 12h35, où étiez-vous ?

— Attendez… Je suis parti de mon domicile vers onze heures. Je suis allé au Quartier latin. Je voulais acheter quelques bouquins chez Gibert. J'ai mangé un sandwich, place Saint Michel et je suis rentré vers seize heures.

—Vous confirmez que vous n'étiez pas chez vous à 12 h 35 ?

— Oui, je viens de vous l'annoncer.

— Et Ezechiel ?

— Vous me demandez où se trouvait Ezechiel, c'est cela ?

Louvier ne dit rien. Il attendait l'explication de Ducastain. Delaroche quitta le fond de la pièce et se planta juste à côté de Louvier.

— Vous ne vivez pas en situation maritale avec Ezechiel ? interrogea l'inspecteur.

— Quoi ?

— Vous m'avez très bien compris. Répondez, Ducastain !

Delaroche avait fortement haussé le ton. Son visage exprimait une vive agressivité et une impatience qui surprirent Julien.

— Non, naturellement. Nous résidons chacun chez nous. Nous ne sommes pas homosexuels, si c'est ce que vous voulez savoir.

— Je m'en tape de vos goûts érotiques… Etes-vous parents, en ligne directe ?

— Bien sûr que non !

— Alors vous n'êtes pas une exception à l'article 434-1 du Code pénal. Cet article vous dit quelque chose ?

Ducastain répondit non de la tête. Ses yeux commençaient à vaciller. Son regard allait de Louvier à Delaroche, puis de Delaroche à Louvier.

— Sauf dans les cas particuliers que je viens d'évoquer, conjoints, vie maritale, parents en ligne directe, voici ce que prévoit ce texte : « Le fait, pour quiconque ayant connaissance d'un crime dont il est encore possible de prévenir ou de limiter les effets, ou dont les auteurs sont susceptibles de commettre de nouveaux crimes qui pourraient être empêchés, de ne pas en informer les autorités judiciaires ou administratives est puni de trois ans de réclusion et d'une amende ». Excusez-moi, je n'en sais pas le montant par cœur. Cependant l'amende ce n'est pas le plus emmerdant, Ducastain. La prison, ça fait beaucoup plus mal…

Louvier afficha un rictus qui marquait son approbation. Puis il pointa son index vers Julien.

— Vous ne nagez pas dans le sens du courant… La non-dénonciation de crime constitue un délit, monsieur l'écrivain. Je vous garantis que s'agissant de quatre meurtres et en attendant un éventuel cinquième, vous prendrez le maxi. C'est-à-dire trois ans.

— Pourquoi voulez-vous que je balance Ezechiel William, alors que je sais qu'il se trouvait chez moi le soir de Noël.

— Et les autres soirs, où était-il ?

— Quels autres soirs ?

— Ne jouez pas au plus fin ! Les soirs des autres crimes, évidemment. Et vous pourriez aussi nous indiquer l'endroit où se trouvait William, hier, vers 12h37…

— Je ne suis pas au courant ! Demandez-le-lui. Je ne suis pas son secrétaire ! Je ne tiens pas son agenda. Je peux seulement vous parler de ce que je sais…

Louvier se retira vers le fond de la pièce. Son instinct de vieux flic lui disait que Ducastain n'en dirait pas plus. L'écrivain était entré dans son mensonge. Son faux-témoignage avait maintenant deux justifications : La première semblait évidente. Il désirait protéger son ami Ezechiel. La seconde ne l'était pas moins : Ducastin voulait se couvrir. Admettre qu'il savait, c'était risquer la prison. Et peut-être la vengeance de William, si ce dernier échappait à la Justice.

Bertrand n'intervint plus, jusqu'à la fin de l'interrogatoire. Delaroche tenta plusieurs approches pour faire avouer Ducastain. Il lui promit que le tribunal se souviendrait qu'il avait parlé. Julien bénéficierait sans doute d'une peine avec sursis. Il essaya la méthode sentimentale : et si Ezechiel tuait encore ? Il serait en partie responsable de ce qui arriverait… Pour finir, il le menaça d'une mise en garde à vue.

— Ecoutez-moi, inspecteur. Il n'existe aucune charge contre moi. De plus, je ne crois pas à vos promesses de clémence de la Justice. Si Ezechiel est vraiment un criminel, je suppose que vos services l'ont placé sous surveillance constante. Il ne pourra donc plus récidiver. Enfin, si vous voulez me mettre en garde à vue, vous allez perdre votre temps. Et si le véritable tueur commettait un nouveau meurtre, c'est vous qui deviendriez, non pas *en partie*, comme vous dites, mais bien *totalement* responsables de ce qui arriverait ! La police interroge des prétendus témoins qui ne savent rien, qui n'ont rien à se reprocher. Pendant qu'elle perd son temps, la série de crimes continue… C'est cela que vous voulez ?

Delaroche mit ses mains dans les poches de son pantalon. Il regarda longuement ses chaussures. Ducastain apparaissait plus coriace qu'il ne pensait. Louvier lisait un dossier, au fond la pièce et semblait se désintéresser de la conversation.

— Bon, dit Delaroche. Je note sur le PV que vous maintenez ne pas avoir connaissance de l'implication d'Ezechiel dans les différents crimes. Vous décidez de la suite, s'il vous plaît, commissaire.

— Demandez à cet écrivaillon de signer sa déposition et de se tirer ! lança Louvier sans lever la tête. Cette pièce ne sent déjà pas la rose. Si en plus ça se met à puer le vieux bouquin, on est mal barré !

Louvier savait à l'avance comment il allait agir. Il prévoyait de laisser Ducastain rentrer chez lui. Un quart d'heure plus tard, Bertrand sortirait du Commissariat sans rien dire. Il irait seul voir Ducastain. Et là, il te travaillerait à sa manière. Il lui ferait peur. Il le menacerait. Il le bousculerait un peu. Et si cela ne suffisait pas, il lui mentirait.

Il prétendrait être convaincu que l'assassin du Passage Richelieu, c'était lui : Julien Ducastain. Pour le prouver, il lui annoncerait qu'il déclenchait une perquisition immédiate de son domicile. Il dirait qu'il possédait la certitude que des indices seraient trouvés, peut-être même une ou plusieurs des armes employées pour commettre les quatre meurtres.

Ezechiel devait avoir une énorme influence sur Ducastain. Ce dernier avait sans doute été subjugué par Ezechiel. Devenir le fan d'un tueur, c'est un rêve pour certains écrivains… William se servait de lui. Il avait donc peut-être caché des preuves à l'insu de Julien, en utilisant l'amitié naissante entre les deux hommes. Julien devrait choisir très vite. Il allait probablement craquer. Vieux flic, vieilles méthodes. Vieux pots, meilleures confitures…

Ezechiel était resté assis, comme pétrifié, après que Ducastain et les deux inspecteurs aient disparu au bout de la galerie. Il songea un instant aux conséquences de ce nouvel évènement. Elles paraissaient claires. Julien finirait inéluctablement par craquer. Les flics n'allaient pas le lâcher. Ils verraient que l'écrivain était un faible, un lâche. Il ne tiendrait pas à des convocations répétées. Un beau soir, il cracherait le morceau.

Toute sa vie, William avait agi en suivant ses intuitions. Il se sentait comme un animal dont le flair est un guide permanent. Chacun de ses sens lui faisait percevoir les choses avant qu'elles ne se réalisent. Cette fois son instinct lui criait : tue cet écrivain ! Elimine-le, le plus rapidement possible. Une fois mort, il ne restera aucun témoin…

Le visage de la petite Maria apparut dans ses sombres pensées, net comme une photo. Elle demeurait telle qu'il l'avait vue dans le square Louvois. Non. Il n'avait rien à craindre d'elle. Elle était comme lui, Ezechiel. C'était une enfant déjà brisée par la vie. Elle ne le trahirait jamais. Elle devait en outre lui être secrètement reconnaissante d'avoir éliminé Fernando. Ses nuits étaient maintenant devenues paisibles. Même si l'horrible prédateur réapparaissait dans ses songes, un jour, elle se libèrerait de cet *Aigle noir*.

Ezechiel quitta le Saint-Martin en cheminant comme un automate. Il oublia même de payer. Monsieur Gilbert ne dit rien. Il avait confiance. Ezechiel reviendrait cet après-midi ou demain…

William rentra chez lui. Il alla directement à son secrétaire. Il sortit un bloc de papier, son stylo Mont-Blanc et se mit à rédiger une lettre, comme dans un mauvais rêve.

Mon cher Papa,

Tout d'abord, pardonne-moi. Je n'ai pas eu le temps de t'écrire plus tôt. Je sais que tu attends mes messages avec impatience.

Je pense avoir réalisé du bon travail. Hoffman, Menez, Balducci, Girard. Cela fait quatre sources de malheur éliminées. Je suis certain que tu vas apprécier ce travail.

Le Passage semble maintenant purifié. Ah ! Bien sûr, quelques problèmes demeurent à régler, comme cette femme de mauvaise vie qui vend ses charmes au numéro 63. Et puis ce jeune voyou qui entre avec son scooter dans la galerie.

Tu seras d'accord avec moi pour dire que ce sont des détails, par rapport aux quatre cavaliers de l'Apocalypse que j'ai neutralisés. Je pensais donc arrêter là mon œuvre. Et me reposer. Profiter un peu de ma nouvelle existence. Hélas ! Je viens de connaitre la trahison.

J'étais persuadé d'avoir enfin trouvé un camarade, un véritable ami. Quelqu'un avec qui je pouvais parler, rire, boire, passer des soirées à refaire ce monde dénaturé. Mais non ! Je me suis trompé. Ce Julien Ducastain est une petite ordure. Il n'a rien compris à notre dessein. Il n'a pas de valeurs morales. Il est comme tous les écrivains : pervers, juge laxiste de l'âme humaine, débauché.

Et surtout, il a déjà évoqué la possibilité de me dénoncer ! Me dénoncer, moi ! Il a la tête à l'envers. Je représente le Bien et c'est moi qui devrais aller en prison ! Il aurait préféré qu'Hoffman, Menez, Balducci et Girard continuent de vivre et de se pavaner. C'est odieux.

La Police est venue le chercher aujourd'hui. Il ne tiendra pas longtemps et ma seule chance est de pouvoir l'abattre avant qu'il ne révèle ce qu'il sait.

Bref, il doit disparaitre au plus vite. Cela me coûte, car en le tuant, je vais balayer en même temps le rêve fou que j'avais eu, d'avoir enfin rencontré un ami, un frère. Cependant, je suis prêt à payer ce prix.

Je vais te laisser, cher Papa. Car le temps presse. Je dois agir vite.

Je t'écrirai très bientôt, pour te raconter la suite de mon combat.

Je t'embrasse.

Ezechiel plia soigneusement la lettre et la glissa dans une grande enveloppe jaune. Il libella l'adresse : Nathan William, 175 Rue du 11 Novembre, 29165 Lesconil.

Le facteur, Gérard Nédelec, va encore trier ce courrier, avant distribution. Une nouvelle fois, l'étrange écriture de l'expéditeur va lui sauter aux yeux. Une calligraphie tourmentée, en caractères gothiques…

Comme toutes les précédentes lettres, il la placera dans le panier destiné à être envoyé à Libourne. Et il se posera cette question : « Qui peut bien écrire chaque semaine, à un homme mort depuis vingt-cinq ans ? ».

Avant de partir, Ezechiel prit quelques affaires : un sac de vêtements, son revolver, une boite de munitions et de l'argent qu'il dissimulait au fond d'un placard, au milieu de vieux papiers. Il roula les billets dans une poche de son manteau, mit l'arme et les balles dans une autre. Puis il sortit, sans même lancer un dernier regard sur cet appartement qu'il occupait depuis près de vingt ans.

Après avoir posté le courrier, il se rendit au café *le Zenda*. L'établissement était situé à l'extérieur du Passage. La patronne était une blonde vulgaire qu'Ezechiel détestait. Il ne venait donc que très rarement dans ce bar. ¨Pour cette fois, l'endroit semblait idéal : il voulait apercevoir Julien, à son retour du commissariat. Pour rentrer chez lui, son ami devrait emprunter la Rue de Louvois et passerait juste devant le *Zenda*. Ezechiel devinerait, rien qu'en regardant son visage, si Ducastain avait parlé.

Et si, par malheur, Ducastain ne revenait pas, c'est qu'il aurait déjà craqué. On apercevrait alors les flics, venant chercher Ezechiel William. Dans ce cas, il devrait fuir. Il se rendrait directement gare de l'Est et trouverait un train qui l'amènerait dans les Vosges. Il avait gardé l'adresse d'un vague cousin. Les deux hommes ne s'étaient pas vus depuis les années

60. Ils échangeaient juste une carte de vœux chaque nouvelle année. Ils avaient suivi la tradition en janvier 1987. Il y avait donc de fortes chances que le cousin habite encore là-bas. Ce serait la première étape de sa cavale.

Pour la seconde phase, il improviserait. Mais il songeait à l'Autriche. Sans raison particulière. Peut-être les montagnes…

*

Julien sortit du Commissariat empli de fierté. Il n'avait pas craqué ! Il avait presque envie de se précipiter chez Ezechiel pour lui raconter tout cela. Après tout, William était venu directement à son domicile après avoir été interrogé par les mêmes policiers. Pourquoi n'aurait-il pas, lui aussi, le droit de se pavaner et d'annoncer : « Je les ai bien eus ! L'inspecteur Delaroche est effectivement plus malin que les autres. Quant à Louvier, il parait vieux et usé. On voit qu'il ne s'intéresse pas à ce qu'il fait… »

Toutefois, Julien se dit qu'il devait se montrer prudent. La police pouvait le prendre en filature. Se rendre directement chez son ami pourrait renforcer les soupçons pesant sur lui. Donc il semblait préférable de rentrer tranquillement à la maison. Ce soir il pourrait aller rencontrer Ezechiel.

Ducastain traversa la rue de Louvois. Il ne se doutait pas qu'Ezechiel l'observait. A quelques mètres de lui, William était toujours assis à la terrasse derrière les vitres.

— Tu as l'air bien détendu, mon petit Julien. Trop relax à mon goût. Je parie que tu as passé un deal avec les poulets. Ils t'ont promis l'indulgence du juge si tu soulageais ta conscience. Tu leur as déclaré que tu allais réfléchir. Pourtant, au fond de ton cœur, ta décision est arrêtée. Tu vas me trahir !

Il observa durant une quinzaine de secondes. Ducastain était entré dans le Passage. Manifestement, aucun policier ne l'avait suivi. Ezechiel reprit son monologue intérieur.

— En fait, tu n'as peut-être rien raconté. Mais tu as eu peur, très peur. Ils t'ont menacé. Tu n'as pas craqué, alors ils t'ont laissé filer. Maintenant, tu te dis que tu ne risques plus grand-chose : soit les flics t'ont cru et tu es définitivement tranquille. Soit ils ne t'ont pas cru et la prochaine fois, tu avoueras ! Ta conscience est donc sereine. C'est pour cela que tu as l'air détendu. Tu n'as plus besoin de réfléchir. Tu agiras selon les circonstances. Tu iras là où le vent te portera. Moi, je désire aller où bon me semble ! Et surtout pas en prison. Désolé, mon brave Julien…

Ezechiel prit son sac, paya sa consommation et se dirigea vers le numéro 57.

Une minute plus tard, il entrait chez Julien. L'appartement était soigneusement rangé. Il sentait le propre. Ezechiel se dit que tout était trop parfait. Il n'aurait pas aimé vivre ici. Il préférait le désordre et le négligé de son logement.

Les deux hommes vinrent s'asseoir dans le salon. Ducastain semblait surexcité. Il proposa un verre de cognac à Ezechiel. Ce dernier accepta. Tout en buvant, il remarqua une statuette en bronze posée sur une table. Elle représentait un corps d'homme et de dragon-serpent. La tête évoquait à la fois celle d'un chien et d'un lion. Sur le dos, deux paires d'ailes, pareilles à celles des rapaces étaient déployées. Le corps se terminait par une queue de scorpion, couverte d'écailles.

— Bizarre cette statue…

Julien tourna vivement le visage. Il sourit largement :

— Ha ! C'est la reproduction d'une statuette qu'on peut voir au Louvre. C'est assez effrayant, hein ?

Ezechiel répondit par un grondement.

— Ce n'est pas ton style, Julien. Pourquoi as-tu mis un tel monstre dans ton salon ?

— Pour chasser les démons ! La figurine représente Pazuzu. C'est lui-même un démon. Toutefois, il peut servir à des fins bénéfiques. Regarde l'inscription sur son dos. Ces signes cunéiformes signifient à peu près ceci : *« Je suis Pazuzu, fils de Hanpa, le Roi des mauvais esprits de l'air. »*

Ezechiel se rembrunit. Il se disait : « Qu'est-ce que tu me racontes, Julien ? Je suis venue pour que tu me rassures sur ta loyauté. Là, tu m'inquiètes ! Un démon pour chasser les démons. Après tout, pourquoi pas… mais ne me demande pas de croire à cette histoire. »

Julien continua, sans quitter Pazuzu du regard.

— Observe bien le visage effrayant et grimaçant, le corps écailleux, c'est pour repousser les forces du mal. On peut l'appeler comme protecteur, mais seulement dans certaines circonstances. Il peut chasser d'autres démons, mais surtout il peut renvoyer sa femme, Lamashtu, aux enfers… Euh… au fait, tu n'es pas venu ici pour parler décoration et démons de l'antiquité, n'est-ce pas ?

Ezechiel demeura silencieux. Julien se redressa en affichant à nouveau un large sourire avant de poursuivre :

— Je ne leur ai rien annoncé ! Je n'ai rien lâché aux flics ! Ils ont essayé de me piéger de me menacer. Ha ! Ha ! Je ne me suis pas laissé faire. Tu aurais dû voir cela, Ezechiel. J'étais… bon. Oui. Je crois avoir joué à la perfection mon rôle.

— Tu as rencontré les flics ? Ils t'ont menacé ? Mais de quoi ?

— De la prison, bien sûr. Ils parlaient de trois ans au trou, si je ne te dénonçais pas. Je les ai bien eus !

— Calme-toi… Tu penses qu'ils ont fini ?

— Comment cela ?

— Oui. Tu imagines qu'ils vont en rester là ?

— Pourquoi reviendraient-ils à la charge ?

— Tout simplement parce que tu exhalais la peur, mon bon Julien. Regarde-toi. Ta chemise est trempée sous les aisselles…

— J'ai gardé ma veste pendant l'interrogatoire.

— Les gouttes de transpiration sur ton front ? Le frémissement de tes mains. Montre-moi tes mains !

Ezechiel avait changé de ton.

— Tu trembles comme une feuille, tu sues comme un phoque, ton regard est celui d'une bête traquée. Alors je te le dis, ils vont revenir. Ils vont t'interroger. Et t'interroger encore. Et puis, ils vont te mettre en garde à vue. Et là, je ne pense pas que tu seras à la hauteur.

— Tu n'as pas confiance en moi ?

— J'ai eu confiance en toi jusqu'à ce que tu me parles de ton Dostoïevski.

— Comment cela ?

— C'est pourtant simple. Je t'annonce le soir de Noël que je viens de liquider un enfoiré. Et toi, mon prétendu ami, au lieu de me féliciter, tu me parles d'un écrivain russe dont je me tape comme de ma première chaude-pisse ! Avoue que c'est inquiétant.

— Tu interprètes mal ma…

Ezechiel frappa du poing sur la table du salon.

— Ta gueule ! Ta gueule, Ducastain ! Ecrivaillon minable ! Je sais que tu vas me trahir. C'est inscrit dans ton regard, sur ta bouche, dans tes attitudes, dans tes gènes.

— Pourquoi me parles-tu ainsi, Ezechiel ? Tu dois avoir confiance en moi…

— Désolé, mon pauvre vieux, mais je n'ai plus du tout confiance en toi…

— Je t'assure, Ezechiel que tu te trompes…

— Tu m'assures ? Je n'ai pas besoin de ton assurance ! J'ai une assurance personnelle. La voici !

Ezechiel sortit le revolver de sa poche et pointa l'arme sur Julien.

— Qu'est-ce que…

Julien Ducastain n'eut pas le temps de finir sa phrase. Ezechiel fit feu par deux fois. L'écrivain, frappé en pleine tête, tomba lourdement au pied du canapé. Ezechiel se pencha vers lui : Julien Ducastain était mort sur le coup.

— Tchao Pantin ! dit Ezechiel en se relevant.

Tout en songeant qu'il devait fuir le plus vite possible, il ne put s'empêcher de prendre entre ses mains la statue de Pazuzu. Il la regarda quelques instants en répétant les mots prononcés par Julien, deux minutes plus tôt.

— C'est un démon. Mais il peut servir à des fins bénéfiques. L'inscription sur son dos signifie à peu près ceci : « *Je suis Pazuzu, fils de Hanpa, le Roi des mauvais esprits de l'air.* ».

Ezechiel glissa la statuette dans son blouson et se prépara à sortir.

*

Louvier allait sonner chez Ducastain lorsqu'il entendit les deux détonations, légèrement assourdies par le silencieux.

— Nom de Dieu ! lança-t-il malgré lui.

Il pressentait qu'il arrivait trop tard. La porte de l'immeuble était ouverte. Louvier hésita un instant. Il n'avait pas le temps d'appeler des renforts. Si ce qu'il imaginait avait eu lieu, Ezechiel en profiterait pour se faire la belle. Bertrand entra donc dans le couloir. Il referma la porte en essayant de rester silencieux. Il dégaina son revolver et commença à monter le plus doucement possible. Mais l'escalier en bois craquait légèrement. Une marche, puis deux... Arrivé à mi-étage, il sentit l'odeur de la poudre. On n'entendait aucun bruit Ezechiel était soit dissimulé quelque part, soit déjà en train de s'enfuir par les toits.

Deux options s'offraient à Louvier : faire vite, en risquant de se faire tirer comme un lapin, ou bien monter avec précaution et découvrir probablement le cadavre de Ducastain…

Il choisit la prudence. Il parvint sur le palier du premier étage. Il avançait lentement, son revolver pointé droit devant lui, prêt à faire feu. Il allait entrer dans la pièce…

La porte d'un réduit situé sur le côté du couloir s'ouvrit violemment. Il la reçut en pleine figure. Déséquilibré, il chuta lourdement. Le temps de se retourner : Ezechiel le braquait à deux mètres distance.

— Evidemment, pas un geste, mec !… Oh ! Ça alors ! Quelle bonne surprise, le commissaire Louvier ! Vous êtes une célébrité en ce moment ! On vous voit partout. Télé, journaux… Je suis content de vous rencontrer.

— C'est toi qui a tiré ? demanda Louvier, en essuyant sa lèvre supérieure où perlaient quelques gouttes de sang.

— Oui, c'est moi ! Ecoutez-moi bien, maintenant. Voici ce qu'on va faire, Commissaire. Vous allez rester assis par terre. Exactement là où vous êtes… C'est très bien. Montrez-moi doucement les menottes que vous avez certainement sur vous… Parfait ! Passez une de ces menottes autour de votre poignet droit.

Louvier hésita un instant. Toutefois, il n'avait guère le choix…

— C'est excellent, Louvier. Maintenant, on va au salon, mais pas d'embrouilles, OK ?

Louvier se releva et entra dans la pièce. Il aperçut Julien qui était étendu dans une mare de sang.

— Tu l'as buté ?

— Hé oui. Je lui ai évité de devenir une balance. Son honneur est sauf… Bon, à présent, commissaire, vous vous asseyez gentiment sur le canapé. Voilà… vous attachez la deuxième menotte à l'accoudoir. Il m'a l'air assez robuste pour résister, si vous tentez de jouer les héros… C'est cela… Bravo ! Serrez, serrez encore un peu plus… C'est bien. Maintenant on peut discuter.

Louvier ne répondit rien. Il jeta un œil à l'accoudoir. Le bois paraissait solide. Il aurait du mal à l'arracher d'un seul coup. Et Ezechiel aurait juste à appuyer sur la détente pour lui faire sauter la cervelle. Il écarta cette solution…

— Je sais, Commissaire. Vous n'étiez pas venu pour discuter. Vous vouliez revoir Ducastain. Ce matin, il n'a pas dit à vos hommes ce que vous souhaitiez entendre. Vous pensez, sans doute à juste titre, être plus malin que vos collègues et pouvoir jouer une partition solo.

Ezechiel se mit à rire doucement comme s'il plaisantait avec un bon copain.

— Vous êtes un vieux flic, Louvier. Vous savez comment faire flancher les plus endurcis. Hélas, avec les nouvelles normes, vous ne pouvez plus vous lâcher. Vous êtes comme un pur-sang bridé… Ici, en tête à tête avec Julien, vous auriez pu donner la mesure de votre talent. Et vous seriez rentré, dans moins d'une heure, avec Ducastain prêt à tout raconter, doux comme un agneau. Vous comprenez pourquoi je ne pouvais pas laisser faire cela ?

— Je n'ai pas envie de vous comprendre, Ezechiel. Je confie cette partie de la lutte contre les délits à des gens plus compétents que moi : les philosophes, les sociologues, les psychiatres, les avocats, les juges laxistes, les visiteuses de prison, le personnel de réinsertion. Eh oui ! Vous autres, criminels et tueurs en tout genre, vous faites vivre une foule d'individus. Moi, je ne suis qu'un flic de base, un commissaire principal. Même pas divisionnaire, à bientôt cinquante ans. Vous voyez pourquoi je n'ai pas envie de vous comprendre ? En fait, je ne veux pas comprendre, mais *savoir*. Je veux savoir, Ezechiel. Vous pigez ?

Pour Ezechiel, sûr de sa force, certain de son bon droit, la vie n'était plus qu'un jeu. Bertrand Louvier, contre lequel il ne nourrissait aucun ressentiment, se trouvait être le perdant. Il songeait, avec le plus grand calme, à la manière dont il allait agir. Il lui restait une petite demi-heure, pour discuter avec le commissaire. Puis il commencerait sa cavale. Plutôt la fuite que la souffrance interminable du détenu ! Il ne se laisserait pas prendre vivant. Cette vision mentale lui apportait simplement l'émotion du joueur qui considère avec une parfaite indifférence sa victoire ou la ruine de son adversaire… L'important étant le jeu lui-même, pas son issue.

Ezechiel s'approcha de Louvier. Il maintenait une distance suffisante pour que ce dernier ne puisse pas l'atteindre d'un coup de sa main libre ou d'un coup de pied.

— Cela ne vous fait rien, commissaire, de voir la souffrance, la détresse des plus faibles ? Vous n'éprouvez jamais de la compassion ?

— Pourquoi me demandez-vous cela ? Vous inversez les rôles, William. Moi, je ne suis pas un criminel…

— Ah, oui ! Je sais. Vous allez me sortir le refrain habituel. Mais je connais vos arguments… Si votre raisonnement tenait, Hoffman se trouverait en taule depuis belle lurette. Je n'aurais pas eu besoin de le buter. Dans la même cellule, on rencontrerait Fernando Menez, servant d'esclave sexuel à tous les détenus.

Ezechiel s'approcha encore un peu. Il continua en baissant très légèrement la tête vers Louvier, comme s'il voulait observer les réactions sur son visage, dans son regard.

— Et Balducci, hein ? On l'aurait recherché sans relâche après 1945. On l'aurait retrouvé et pendu pour ses actes barbares. Quant à Girard, la foule des centaines de gens dont il a organisé le licenciement l'aurait lynché. Vous le savez, Commissaire, nous sommes, à peu près, deux cents personnes vivant dans le Passage. Deux cents habitants, quatre salopards ! Cela représente deux pour cent de déchets. Amusons-nous à faire une règle de trois, sur soixante millions de Français. On arrive au chiffre vertigineux de plus d'un million de crapules !

— Vous délirez complètement, Ezechiel. Ne comptez pas sur moi pour approuver vos élucubrations. En réalité, vous êtes dans une impasse.

Si vous me butez, vous serez de toute façon retrouvé, un jour ou l'autre. C'est perpète qui vous attend. Si vous cessez vos conneries, je ferais en sorte que l'incident n'apparaisse pas au dossier. Je dirais que j'ai procédé à votre arrestation. Et que, bien qu'armé, vous avez accepté de vous laisser passer les menottes sans résister. Le juge appréciera ce geste et influencera le jury pour que ne preniez pas la peine maxi.

— Non ! Je préfère vous éliminer, répondit William sans même réfléchir. Vous n'êtes pas un bon flic ! Vous avez usé votre temps et votre énergie à diriger une enquête sur moi, pendant presque deux semaines…

— C'est mon job !

Louvier s'efforçait de garder un ton calme. Il savait que l'autre pouvait ouvrir le feu d'un instant à l'autre. C'est pourquoi il ne voulait pas le provoquer. Juste le forcer à réfléchir. L'obliger à répondre à ses questions et à ses arguments, au lieu de passer à l'acte. Il devinait qu'il lui restait quelques minutes, peut-être un quart d'heure… Il fallait tenir Ezechiel en haleine. Gagner du temps… Et espérer.

Espérer quoi ? Delaroche et Bourtin se trouvaient au Commissariat. Ils ne savaient pas où était parti Louvier. Cette habitude de jouer en solo allait probablement lui coûter cher, très cher ! Ses deux inspecteurs ne s'inquiéteraient pas immédiatement de son absence. Le temps qu'ils réagissent, il serait trop tard. Néanmoins l'instinct de survie poussait Louvier à prolonger la représentation. Le commissaire sentait des gouttes de sueur qui glissaient le long de sa colonne vertébrale. La peur ! La peur s'insinuait en lui. Il ne devait surtout pas la montrer. En face de lui se tenait un prédateur…

— C'est mon job ! Vous vous proclamez Justicier du passage Richelieu. OK ! C'est une manière de voir les choses. Une sorte d'autopromotion. Vous comprenez ce que je veux dire ?

Ezechiel présenta une vague moue d'indifférence. Louvier continua :

— Pour être commissaire, j'ai dû étudier, faire mes classes comme simple inspecteur, suivre des stages, réussir des concours, attendre patiemment mon tour et un avancement qui n'est venu que sur le tard. Je ne suis qu'un flic ! Merde, Ezechiel ! Je n'ai pas votre pouvoir ! Si je l'avais pu, j'aurais flingué pas mal de salopards. Exactement comme vous le faites. Mais ce n'est pas mon job !! C'est le vôtre, en fait…

Ezechiel prit une profonde inspiration et se redressa de toute sa hauteur. La dernière tirade de Louvier avait fait mouche ! Enfin quelqu'un reconnaissait qu'il était investi d'une mission. Cependant il ne se laisserait pas avoir une seconde fois. Ducastain l'avait piégé. Cet épisode devait lui tenir lieu de leçon. Il saisit un verre et se versa du Bourbon Whiskey.

— Je ne vous en propose pas, Commissaire… Je suppose que vous ne buvez jamais durant le service. Hé ! Hé ! Hé !

Louvier calcula que William mettrait cinq à dix minutes pour absorber son gobelet. Il avait gagné encore un peu de temps… Bertrand afficha un sourire triste avant de demander, sur un ton très sérieux :

— Comme je présume que vous allez me liquider, je voudrais éclaircir quelques points de mon enquête.

— Je vous écoute, commissaire. Mais il nous reste peu de temps !

— Comment avez-vous procédé exactement, pour tuer vos quatre cibles ? Nous avons échafaudé plusieurs théories, émis des hypothèses. Hélas, il manque toujours des pièces au puzzle.

— Vous ne paraissez pas sûr de vous, commissaire ni de vos hommes ?

— Si ! Toutefois, quelques incertitudes subsistent. Par exemple pour Hoffman, nous supposons que vous avez simplement sonné chez lui. Il vous a ouvert. Vous êtes entré et vous l'avez menacé avec une arme. Puis, vous l'avez ligoté. Enfin, vous lui avez éclaté la tête avec un gros objet en bois. Nous avons pensé à une batte de baseball…

— Bravo, Commissaire ! Je n'ai qu'un seul mot à dire : bravo ! Ezechiel frappa lentement ses deux mains, l'une contre l'autre, comme s'il applaudissait. Il ajouta d'un ton menaçant :

— J'espère que vous avez des questions plus intéressantes. Sinon…

— Deux choses nous échappent dans cette affaire : comment vous êtes-vous introduit chez Hoffman ? Et pourquoi utiliser une batte de baseball pour le tuer ?

— Ce sont des détails, commissaire ! Je suis entré en me faisant passer pour un agent de l'EDF venu relever les compteurs d'Hoffman. Il a compris, un peu tard, que je lui apportais aussi la facture de ses méfaits ! Hé ! Hé ! Quant à la batte de baseball… Allez-vous au cinéma, commissaire ?

— Non ! Jamais ! Je déteste le cinéma. En particulier les films de gangsters et les films policiers…

— Ha ! Ha ! Ha ! Très drôle ! Si vous n'êtes pas cinéphile, je n'ai pas le temps de vous expliquer pourquoi j'ai choisi la batte de baseball…

— Comment cela, vous n'avez pas le temps ? protesta Louvier.

— Ne me prenez pas pour un imbécile. Vous avez lancé une course contre la montre… Vous vous dites que vos petits camarades vont se demander pourquoi vous ne rentrez pas au commissariat, avec Ducastain. Ils vont finir par s'inquiéter. Puis ils vont venir vous chercher…

Louvier hésita un instant. Il pouvait lui cacher qu'il n'avait prévenu personne avant de quitter le commissariat. Il préféra annoncer la couleur :

— Personne ne sait que je suis chez Ducastain. C'est juste entre vous et moi, Ezechiel.

— Hum ! Ou bien vous mentez et je ne me laisserai pas berner. Ou vous dites la vérité et cela ne change rien à la situation. Je dois vous éliminer et partir rapidement…

— Répondez encore à mes interrogations, Ezechiel ! Hoffman, Balducci, Girard, je crois avoir saisi vos motivations. Vous les considériez comme trois ordures. OK… Je peux comprendre… Mais Fernando Menez ? Pourquoi avoir tué ce pauvre type ?

— Ha ! Enfin une bonne question ! L'explication est très simple. Les pédophiles ne méritent pas de vivre !

Ezechiel avala d'un seul trait son verre de Bourbon. Il le reposa violemment sur la table. Lorsqu'il avait évoqué Fernando Menez, son regard s'était métamorphosé. Bertrand sentit que son interlocuteur basculait vers la face la plus sombre de son personnage. Il allait bientôt mettre sa menace à exécution et prendre la fuite.

— Fernando, un pédophile ? demanda Louvier d'une voix qui se voulait aussi calme que possible.

Ezechiel leva un poing rageur et commença à crier :

— Bien sûr que c'était un pédophile ! Vous allez me demander comment je le sais… C'est simple. Maria, sa fille adoptive me l'a dit. Il abusait de cette pauvre gamine. Personne n'était là pour la protéger. J'étais le seul qui pouvait la délivrer de ce monstre ! Et vous, que faisiez-vous, pendant ce temps-là ? Vous tapiez la belote au Commissariat ?

— Maria ! La petite…

— Oui ! Maria ! Toute sa vie, elle se souviendra des mauvais traitements qu'elle a subis. Le fantôme de son ordure de père adoptif viendra hanter ses nuits.

Tout en parlant, Ezechiel avait saisi son revolver. Louvier sentit que le dénouement devenait imminent. Il se rappela avoir tué plusieurs hommes en service. Il s'était toujours demandé si celui qui recevait un projectile en pleine tête avait le temps de souffrir. Dans quelques instants, il allait avoir une réponse à cette question sordide… Louvier décida de jouer son va-tout :

— Buter un flic qui lutte, comme vous, contre le crime… Ça vous parait juste, Ezechiel ? Moi, ça ne me semble ni judicieux ni équitable.

Ezechiel réfléchit quelques secondes. C'est ce que voulait Louvier. Relancer un débat. Gagner encore deux ou trois minutes…

— Effectivement, si vous combattiez réellement le crime, je vous aurais, peut-être, épargné. Mais vous n'êtes pas un guerrier, Louvier. Vous êtes un fonctionnaire, une sorte de rond de cuir, qui sort de temps en temps pour prendre l'air. Vous produisez votre quota et puis c'est tout. Vous auriez pu être un soldat, comme moi ! J'ai résolu quatre affaires en moins de deux semaines ! Qui dit mieux ?

— Et Ducastain, c'est aussi une affaire résolue ? demanda Louvier, en désignant du menton le corps de l'écrivain.

— Ducastain ! Ezechiel s'assit sur une chaise, juste en face de Bertrand. Ducastain était un ami. Le pire ami qui puisse exister. Il était de la race des traîtres. Vous aviez bien senti que c'était un faible, un hypocrite. Si j'avais appartenu au monde des truands, j'aurais dit que Ducastain était une balance, une sale petite donneuse…

Tandis qu'Ezechiel terminait sa phrase, Louvier orienta son regard par-dessus l'épaule de William. Ce dernier patienta quelques secondes avant de lui demander :

— Qu'est-ce que vous essayez de me faire, Commissaire ? Que contemplez-vous ainsi ? La porte ? Vous attendez quelqu'un ? Hé ! Hé ! Hé !

Louvier ne répondit pas. Il demeurait le regard fixe. Ezechiel tourna un instant la tête… Delaroche se trouvait à deux mètres derrière lui et le braquait avec son arme de service !

— Reste calme, Ezechiel. Surtout, ne bouge pas ! J'ai les meilleures notes de tous les flics de la Ville de Paris au stand de tir… Que ce soit à 5 ou à 10 mètres. Toi, tu es à 2 mètres…

Ezechiel s'agita légèrement. Il avait le désavantage d'être assis et de tourner le dos à l'inspecteur. Son cerveau se mit à travailler à toute vitesse. Il explora toutes les hypothèses. Il pouvait se retourner vivement et essayer de tirer sur Delaroche, sans lui laisser le temps de réagir. Il aurait besoin de quelques dixièmes de seconde pour réaliser ce geste… Mais il serait mort avant d'avoir appuyé sur la détente.

Une autre solution consistait à se rendre. Cela lui permettait d'obtenir un procès. Le prétoire lui servirait de tribune, son audience aux assises serait médiatisée. Il pourrait ainsi clamer à la face du monde qu'il était bien un justicier et non un vulgaire assassin. Ce serait aussi l'occasion d'affirmer que le bon droit se situait de son côté… Mais allait-on l'écouter ? Ce monde est tellement perverti qu'il représenterait une simple parole dans le désert. Ezechiel cessa soudain de réfléchir. Il se sentit las. La voix de Bourtin, venue de l'autre côté de la pièce, le fit sursauter.

— Je tire moins bien que Delaroche, pourtant je ne rate jamais mes cibles… Sois raisonnable, William. Pose doucement ton arme.

— Et sur une cible à 2 centimètres ? demanda sombrement Ezechiel. A deux centimètres, c'est encore plus sûr ! Personne ne peut manquer son coup…

Ezechiel leva lentement son revolver et pointa le canon sous son menton.

— Qu'est-ce que tu fabriques ! dit Delaroche.

— Ne fais pas le con ! cria Louvier.

Ezechiel sourit de toutes ses dents. Il approcha l'arme et la dirigea légèrement en arrière, pour que la balle lui fasse sauter la cervelle.

— Et sur une cible à 2 millimètres, hein ? C'est du cent pour cent !

— Tu n'es pas obligé de faire ça ! hurla Louvier. C'est stupide… Rends-toi simplement. Tu écoperas de vingt ans. Si tu te tiens bien, avec les remises de peine, tu sortiras dans moins de quinze ans !

— Dehors ? demanda Ezechiel.

— Oui, tu payes ta dette et tu repars, libre.

— Libre ?… Libre ! …Oui, c'est tellement facile… Il suffit d'un Passage à l'Acte, dit Ezechiel.

Il parlait comme machinalement. Son cerveau travaillait à la vitesse de la lumière… Lutter. Se rendre. Se suicider…

Il savait maintenant ce qu'il allait faire. Il n'avait plus besoin de réfléchir. Sa décision était prise…

Vanderbert trônait derrière son bureau, 36 quai des Orfèvres. Saint Grenier tirait sur sa pipe. Le secrétaire prenait des notes. Tout paraissait normal…

En ce jeudi pluvieux de décembre, le redoux s'était installé. La neige avait fondu sur les trottoirs et dans les rues. La magie de Noël semblait effacée, recouverte par le gris des nuages bas. Derrière la fenêtre du bureau, la Seine coulait, indifférente aux évènements. Louvier et Delaroche étaient arrivés depuis vingt minutes. Les quatre hommes venaient de terminer le débriefing de l'affaire du Passage Richelieu.

— Je crois que nous avons à peu près tout dit, messieurs. Mais vous ne m'empêcherez pas de penser que tout cela aurait pu être évité, annonça Vanderbert.

— Tout s'est déroulé si vite, protesta Delaroche.

— La présence du commissaire Louvier, seul, sans couverture, chez ce Ducastain constituait une faute.

— J'aurais pu sauver l'écrivain, si j'étais arrivé ne serait-ce qu'une minute plus tôt, Monsieur le Directeur.

Vanderbert fit un signe de dénégation.

— Ne refaites pas l'histoire, Louvier. Pas de *si*… considérons juste les faits. N'oubliez pas qu'à quelques secondes près, William vous aurait trucidé. Heureusement que votre équipe vous suivait. Vos hommes connaissent votre façon de faire cavalier seul. Maintenant, voilà le résultat…

— Nous n'avons pas pu intervenir, dit Delaroche. L'inspecteur Bourtin et moi maintenions William en joue. Je vous rappelle que Bertrand Louvier était menotté. Nous devions faire attention à nos lignes de tir. Le risque de blesser le commissaire, ou pire, était bien réel. William a mis son revolver sous son menton. Son doigt était posé sur la détente. Tout ne tenait qu'à un fil. Sans nous consulter, nous avons fait le maximum pour l'empêcher de commettre l'irréparable. Nous voulions le forcer à se rendre. Il y aurait eu un jugement. Au lieu de cette…

— Vous nous avez déjà expliqué tout cela, intervint Saint Grenier. Ah, le ministre doit être content ! Il espérait une arrestation en bonne et due forme. Une présentation de la sortie du coupable, consciencieusement menotté par vos soins, messieurs. Au lieu de ce scénario, nous nous retrouvons avec un meurtre de plus et un écrivain de moins.

— Bien ! dit Vanderbert d'un ton fataliste. Je vais gérer la presse. C'est la trêve des confiseurs. Cependant les journalistes ont toujours besoin de noircir du papier et de meubler le Journal télévisé. Quant à vous, Louvier et Delaroche, je ne vous retiens pas. Je vous souhaite une bonne journée. Pour les vœux, on se reverra la semaine prochaine, après la Saint-Sylvestre.

Louvier et Delaroche reprirent leurs manteaux et quittèrent le 36 quai des Orfèvres. La pluie balayait les trottoirs. Les deux hommes se mirent sous un porche.

— Vous rentrez chez vous, Delaroche ?

— Euh… Si vous m'y autorisez, commissaire, j'aimerais bien fêter ce Réveillon en famille. Pour Noël, j'étais rue du Croissant et Passage Richelieu. Pas vraiment gai…

— Je vous comprends. Allez donc vous détendre, Delaroche.

— Merci, commissaire. Et vous ? Si je puis me permettre, qu'avez-vous prévu ?

Louvier se gratta la tête. Il réfléchit un instant.

— Ma femme est partie voir sa sœur pendant quelques jours. Je crois que je vais aller manger à la Brasserie Dumont, ce soir. Je parlerai de la Coloniale avec Pierre Guichard. Et ensuite… j'irais dormir chez Gisèle

Lebrun, à l'hôtel de Varsovie. Oui, j'imagine que je vais faire cela. A Lundi, Delaroche.

Louvier remonta le col de son manteau. Il marcha, sans se retourner. La bouche de métro l'attendait, comme un piège sinistre. Les escaliers le saisirent ainsi qu'une proie. Il descendit. Deux minutes plus tard, une rame arriva. Pour une fois, le commissaire prit le temps de s'asseoir. Il fixa son regard sur les murs qui défilaient derrière les vitres.

Il était en route pour un long réveillon de grande solitude, dans *un Métro nommé Tristesse.*

Fin de la Première Partie.

Qu'est-il arrivé à Ezechiel chez Ducastain ?...

Louvier semble abattu, Vanderbert est mécontent…
La jeune Maria gardera-t-elle son secret ?
La partie est-elle terminée ou bien la Traque ne fait-elle que commencer ?
Vous le saurez en lisant le cycle complet de Pazuzu :
LE CERCLE DES TUEURS DISPARUS
A télécharger en cliquant ici : amazon.fr

www.ingramcontent.com/pod-product-compliance
Lightning Source LLC
LaVergne TN
LVHW042114190726
843493LV00006B/1478